Camilo José Cela

Mrs. Caldwell spricht mit ihrem Sohn

SERIE PIPER
Band 970

Zu diesem Buch

In kurzen, imaginären Gesprächen unterhält sich Mrs. Caldwell mit ihrem im Krieg gefallenen einzigen Sohn. Ihre Erinnerungen an unzählige Details aus seinem Leben verbinden sich zu einem geschlossenen Bild.

Wie ein Komponist versteht es Cela, ein Thema unzählige Male zu variieren, von den entlegensten Gedanken immer wieder auf das Grunderlebnis zurückzukommen. In oft erschütternder lyrischer Prosa folgt er den Gedanken Mrs. Caldwells, die sich immer mehr verwirren und ihren Weg in den Wahnsinn nachzeichnen.

»Cela verließ in seiner ›Mrs. Caldwell‹ den spanischen Heimatboden, indem er vor dem Hintergrund des ewigen Todeseinerleis ein Mosaik scharf aufgefaßter, impressionistisch-besinnlicher Reflexionen, wie sie das zwischen Beharrung und Veränderung schwankende Bewußtsein des Reisenden und des Trauernden hervorbringt, planvoll zusammenfügte.«

Frankfurter Allgemeine Zeitung

Camilo José Cela, geboren 1916 in Iria-Flavia/Galicien. Studium der Rechte in England und Madrid. Seit 1957 Mitglied der spanischen Königlichen Akademie.

Als Romancier beeinflußt von der klassischen Literatur, insbesondere dem Schelmenroman und von naturalistischen Romanformen. Gründer der literarischen Zeitschrift »Papeles de Son Armandans«, Lyriker, Reiseschriftsteller. Sein Roman »La familia de Pascual Duarte« (1942; dt. »Pascual Duartes Familie«, 1960) verhalf ihm zu europäischer Berühmtheit. 1989 Nobelpreis für Literatur.

Camilo José Cela

Mrs. Caldwell spricht mit ihrem Sohn

Roman

Aus dem Spanischen von
Gerda Theile-Bruhns

Piper
München Zürich

Die Originalausgabe erschien 1953 unter dem Titel
»Mrs. Caldwell habla con su hijo«.
Die deutsche Ausgabe erschien erstmals 1961 in der
Peter Schifferli Verlags AG »Die Arche«, Zürich,
deren Übersetzung wir übernehmen.

Von Camilo José Cela liegt in der Serie Piper außerdem vor:
Der Bienenkorb (782)
Weitere Werke sind in Vorbereitung.

ISBN 3-492-10970-5
November 1989

Umschlag: Federico Luci,
unter Verwendung des Gemäldes
»Noia vestida de negre« von Joan Llimona
(Museu d'Art Modern, Barcelona)
Satz: H. Börsigs Erben AG, Zürich
Druck und Bindung: Clausen & Bosse, Leck
Printed in Germany

Prolog

Ich lernte Mrs. Caldwell in Pastrana kennen, als ich vor längerer Zeit durch die Alcarria reiste. Mrs. Caldwell löste gerade ganz vorsichtig im Sterbezimmer der Prinzessin von Eboli die Fliesen los. Sie wickelte die Kacheln einzeln in Seidenpapier und verstaute sie in ihrem Koffer, dessen Bauch vollgestopft war mit den verschiedenartigsten, jedoch peinlich geordneten Dingen.
Eines Tages nach dem Abendessen im Gasthaus las sie mir aus den Erinnerungen an ihren geliebten Sohn Eliacim vor, der zart wie das Blatt eines Wasserfarns gewesen und als Held in den stürmischen Wellen des Ägäischen Meeres umgekommen ist.
Mrs. Caldwell hatte vor, ihre kleine Arbeit zu nennen: Ich spreche mit meinem vielgeliebten Sohne Eliacim.

Sie hatte noch mehr Titelvorschläge in ihrer Mappe. Dieser jedoch war ohne Zweifel der schönste.
Vor anderthalb Monaten schrieb mir ein Freund aus London, der Wachtel-Kastrierer Sir David Laurel Desvergers, und teilte mir die traurige Nachricht mit, daß Mrs. Caldwell im Königlichen Irrenhaus jener Stadt verstorben sei. Sir David schickte mir außer dem Brief noch ein Paket mit dem Manuskript der Mrs. Caldwell und schrieb dazu: «Sie hat gewünscht, daß man diese Papiere an Sie senden solle. An Sie, den jungen Vagabunden, mit dem sie bis zum Überdruß, beinah bis zum Ekel vertraut gewesen sei. Mrs. Caldwell sprach mit viel Sympathie von Ihnen und erklärte meiner Frau und mir, Sie hätten einen süßen, ausweichenden Blick, sehr ähnlich dem ihres geliebten Sohnes Eliacim Arrow Caldwell, der zart wie die Blätter eines Wasserfarns gewesen und, wie Sie vielleicht wissen, als Held in den stürmischen Wellen des Ägäischen Meeres [östliches Mittelmeer] umgekommen ist.»
Die Erinnerungen, die ich hiermit dem Publikum übergebe, stammen also von meiner armen Freundin Mrs. Caldwell, der alten Stromerin, mit der ich bis zum Überdruß, wenn auch nicht bis zum Ekel vertraut war. Sie möge in Frieden ruhen.

1. *Kapitel* I

Ich weiß genau, warum du so herumspringst, mein kleiner Eliacim!

Du kamst hereingesprungen wie ein verrückter Cherubim, wie ein Cherubim, dem eine feuchte Wolke scheinbar das Hirn ausgesogen hat. Ich war schon daran gewöhnt, dich so zu sehen. Dein Vater – Gott hab ihn selig – hat sein ganzes Leben damit zugebracht, die merkwürdigsten Sprünge aller Art zu vollführen: Seitensprünge, Salti mortali, polnische Sprünge, Sprünge wie eine eifersüchtige Rohrdommel, zimperliche Sprünge ... Du sprangst herbei, unglaublich hohe Sprünge machend wie ein verrückter Cherubim.

«Ich will dir was erzählen», sagtest du mit vor Freude roten Wangen, «etwas worüber man sich totlachen oder

zum mindesten sich einen Bruch anlachen kann.» Ich aber antwortete dir mit tauber Seele: «Nein, erzähl mir nichts, ich habe Ohrenschmerzen.»
«Du hast Ohrenweh?»
«Ich habe es ja eben gesagt! Sie tun mir schrecklich weh.»
Du zucktest darauf die Achseln, blinzeltest mit unbeschreiblicher Anmut, wenn auch vielleicht unbewußt und fingst an, leise zu pfeifen, ganz, ganz leise wie eine junge Amsel bei Sonnenaufgang:

Wie gerne ich lebe
Jetzt, wo mir die Ohren nicht weh tun.
Ich bin glücklich, beinahe ganz glücklich!

Man konnte sofort erraten, was du pfeifen würdest, mein Verräter, meine stinkende, vertraute Hyäne. Dazu brauchte man kein Luchs zu sein, um das zu wissen.
«Kannst du dir denken, was ich dir sagen will?» fragtest du vorsichtig.
«Nein.»
«Nun, dann erzähl ich dir gar nichts. Das ist schlimmer. Ich werde dir nicht einmal sagen, daß es mir nicht egal ist, wenn dir die Ohren schmerzen. Das Wetter ist nicht für die Empfindsamen und nicht für die Leidenden gemacht. Mir tun auch manchmal die Ohren weh und ich sag's niemandem außer dir. Mir tun auch oft die Ohren weh, zum Beispiel, wenn ich Pfefferminzsuppe esse und ich finde keine Brust, an der ich mich ausweinen kann.»
Mit den Fingern in der Nase bohren wie du es tust, ist nicht angebracht für einen Staatsbeamten, für einen öffentlichen Angestellten. Das ist unwürdig. Du warst schon Staatsbeamter, warst schon öffentlicher Ange-

stellter und trotzdem läufst du häufig, wenn auch nicht zu häufig, mit dem Finger in der Nase herum, als seist du ein Arzt oder ein ungarischer Graf. Ich mache dich schon nicht mehr darauf aufmerksam. Es ist deine eigene Angelegenheit. Das alles geschah in einer furchtbaren Sturmnacht in der Klubhütte, weißt du noch? Ich erinnere mich ganz genau. Du warst gerade Mitglied des Klubs geworden. Ohne den Einfluß deines Onkels Rosendo Gerald wärst du nie in deinem Leben aufgenommen worden. Aber das ist ein anderes Kapitel. Ich hatte dir damals gesagt, ich wolle dich für fünfzehn Tage in die Berge einladen zum Faulenzen und du bemerktest, was ich immer so gern von dir hörte, daß die Tannen die Luft mit Ozon bereichern. Kann es möglich sein, daß du dich nicht mehr daran erinnerst?
Dort war auch dieser Schriftsteller, der nach langem Nachdenken die Worte aussprach: «Zwei dicke, schwarze Wolken vergnügen sich mit den Blitzen beim Tennisspiel.» Es war damals ,wo Mistreß Pyle ihrem Manne untreu wurde. Es war zu komisch, sie zu beobachten! «Der Luftdruck ist zu niedrig», meinte Mr. Pyle. «Es ist die Bergkrankheit.»
Am Feuer sitzend, warst du in ein Buch Gedichte vertieft, und ich zerstreute mich, indem ich folgendes dachte: Meinem lieben Söhnchen Eliacim würde ich gern allen Zauber der Natur schenken. [Ich weiß genau, daß mein Gedanke nicht besonders originell ist und das ist es, was ich dir, meinem Sohn, nie verzeihen kann, auch wenn ich es möchte. Ich will es aber gar nicht.] Die Welt des oberen Stockwerkes, der Nimbus des Schlafgemaches ist viel komplizierter.
«Gut, nun erzähl mir endlich diese Geschichte, bei der

man sich totlachen oder wenigstens einen Bruch anlachen kann.»
Du bist sehr verwöhnt, Eliacim, sehr verwöhnt. Du hast dein Leben hingebracht, ihm deinen Willen aufzuzwingen.
Ein Diener des Klubs sagte: «Der Herr wird am Telefon gewünscht.»
Ich wußte zur Genüge, daß alle jungen Männer deines Alters sich unsterblich in die Freundinnen ihrer Mütter verlieben. Deshalb fragte ich dich: «Warum trinkst du so viel, mein Sohn? Wenn du in diesem Tempo weitertrinkst, wirst du dich frühzeitig ruinieren.»
Du fingst darauf wieder an zu pfeifen. Aller Wahrscheinlichkeit nach war das Lied, das du dir ausdachtest, ungefähr so:

Wie ich Sie im Geheimen liebe
O süße Hortensia meines Herzens,
o allersüßeste Hortensia Pyle.
Für einen Kuß Ihres schön bemalten Mundes
für einen einzigen Kuß,
auch wenn Sie ihn mir nicht in heißem Begehren geben
würde ich Ihnen mit Freuden
meine ganze Zukunft schenken.
Tralala, tralala, tralala.
Irgendeinmal könnten wir uns im unsicheren Lichte
des Mondes an den Händen halten,
um uns kurze, erregende Liebesworte
ins Ohr zu flüstern
Zum Beispiel: Tropisch oder Lippen
oder goldene Perle oder Flaumhärchen.
Ich glaub' schon.

Ich bin jung und ich bin voller Hoffnung.
Tralala, tralala, tralala.

Glaube mir mein Sohn, all das ist Lug und Trug für mich.

2. *Kapitel* **2**
Music Hall

Du kamst herein und sagtest: «Wo ist Genoveva, die Mulattin aus Algerien? Wo ist sie hin die ruchlose Genoveva? Man hat mir gesagt, daß sie sich die Haare grau färbe. Wissen Sie etwas davon?»
Niemand antwortete dir. Neben mir saß eine schon ältliche Dame, die, wie sie mir erzählte, die Frau eines Husarenoberst war, der sich beachtlich bei Dünkirchen ausgezeichnet hatte. Sie fragte mich: «Kennen Sie diesen netten jungen Mann?»
Nun gut, sie hat nicht das Wort nett gebraucht.
«Ja, es ist mein Sohn, mein einziger Sohn, und er heißt Eliacim.»
«Sehr witzig, sehr witzig», meinte sie.
Verzeih mir, mein Sohn, aber ich mußte allem zustimmen, was diese Dame sagte. Ich werde es dir nicht wiederholen. Denn wenn es auch nicht übermäßig unfreundlich war, so war es auch nicht sonderlich angenehm für dich, was man so gemeinhin angenehm nennt.
Du gingst dann wie ein Triumphator zur Bar. Ich dachte: aha, es ist so weit. Aber nein, zum Glück nicht.
Die Frau des Husarenobersten war sehr gesprächig, ja geschwätzig. Sie war ältlich, wie ich dir schon sagte,

hatte aber wundervolle grüne Augen voll Versprechungen, die in Erfüllung gegangen waren.
«Mein Mann heißt Epiphanias. Meinen Sie nicht auch, das sei ein wohlklingender und schöner Name? Mein Mann trinkt gern Ojén, ein spanischer Branntwein, der sehr gut für den Magen ist. Er wurde an einer Vorhautverengung operiert. Und Ihr Mann?»
«Mein Mann ist tot. Als junger Mann mußte er die gleiche Operation durchmachen. Als er starb, konnten wir uns nur ein Begräbnis zweiter Klasse leisten, denn wir waren in keiner sehr guten finanziellen Lage. Er, der Arme, hat das wohl gemerkt. Denn kurz vor seinem Tode fragte er mich dauernd: ‚Meinst du nicht, man könnte von dem Herrn im zweiten Stock etwas Geld borgen? Er ist immer so nett gewesen. Vielleicht brächten wir dann doch ein Begräbnis erster Klasse zustande?' Sie werden verstehen, liebe Freundin, daß ich mich auf beiden Ohren taub stellte. Sie als verheiratete Frau werden wissen, was ich meine.»
Du trankst inzwischen Whisky und machtest einen recht guten Eindruck mit deiner neuen, orange-blauen Krawatte, die sehr sorgfältig gebunden war, und mit deinen Augen, die du ohne Zweifel von dem geerbt hast, der, wie dein armer Vater immer sagte, so nett gewesen sei. Und dieser Herr hätte auf meine Bitte hin sicherlich das fehlende Geld gegeben, um deinem Vater, wie er es verdiente und wie es sein letzter Wille war, ein Begräbnis erster Vorzugsklasse A zu ermöglichen.

3. *Kapitel*
Hilf mir bitte diesen Strang cyclamenfarbener Wolle abzuhaspeln.

3

«Ich will nicht, ich will nicht! Begreifst du denn nicht, wen du um all diese Dinge bittest, um die nichtigsten Dinge?»
Mein Sohn, du warst gelb vor Wut wie eine süße Kartoffel in Syrup, wie ein funkelnagelneuer Ehering. Du warst nicht wütend darüber, daß ich dich bat, mir den Strang zu halten, damit ich die cyclamenfarbene Wolle aufwickeln konnte [andere Male hast du mir mit viel Vergnügen bei solcher Arbeit geholfen], sondern wegen der sieben Gründe, die ich jetzt, wo ich keine Angst mehr habe, dir aufzählen werde.
[Entschuldige, daß ich römische Ziffern benutze wie Müller in seiner «Geschichte der griechischen Literatur». Ich weiß wohl, es ist ein Mangel an guter Erziehung, und ich hätte es vermeiden müssen.]

I. Mit meiner Freundin Rosa, trotzdem sie aus Mallorca ist, kann man nichts anfangen. Du weißt das genauso gut wie ich, ja sogar besser. Viel Mondschein, viel Hand in Hand und zu bestimmten Zeiten viele Einladungen, den Duft der Blumen zu genießen; viel gemeinsames Lesen von Gedichten des Samuel Taylor Coleridge ... Aber das war deine Angelegenheit! Verkehrte Taktik. Wenn ich jünger wäre, würde ich selbst es dir an einem Experiment zu beweisen versuchen. Es würde wirksamer sein, meine ich, der geliebten Frau die Brust, die Schultern, die Schenkel mit Margeriten zu bedecken. Rosa, Rosa!

II. Du suchtest nach Gründen, um wie dein Vetter Albert sagen zu können: «O Gott, o heiliger Gott, warum überläßt Du mich meinen eigenen, schwachen Kräften in so entscheidendem Augenblick!» Aber mein lieber Sohn, wenn deinem Vetter Albert jemand in den schwierigen, entscheidenden Augenblicken beistehen würde, wäre dein Vetter Albert wesentlich weniger glücklich. Er selbst hat es mir bei einer bestimmten Gelegenheit gebeichtet mit Tränen in den Augen: «Tante, bitte entblöße diese Schulter nicht ...»

III. Seit zweiundsiebzig Stunden spielen sie – trotz deiner Aufmerksamkeit – im Radio nicht mehr das Lied vom Gondoliere, das von den goldenen Locken und dem tiefen Blick – kitschig aber eindrucksvoll! Mir tut es auch weh, glaube mir ...

IV. Du bist unsicher, wenn ich dich schelte und dir zum Beispiel sage: Mein Sohn, warum bestehst du so hartnäckig darauf, Zickzack über den Bürgersteig zu gehen, um auf keine Striche zu treten? Merkst du denn nicht, daß du dadurch Anlaß zu Gemunkel gibst? Ich sage das ja nur in Hinsicht auf deine Zukunft.

V. Der Mond, das blasse Gestirn der Nacht, wie sich jener Verkehrsminister so reizend ausdrückte, befindet sich in einer wenig günstigen Phase.

VI. In der Bierkneipe «Die Libelle aus silberfarbenem Atlasstoff, die pfeift, singt, trinkt und Glück vermittelt» werden die Sandwichs mit Yorkshire-Schinken nicht mehr verkauft von jenem Bauernmädchen aus Wales mit den gedrechselten Beinen und den Backen wie Sonnenblumen, dem Haar so schwarz wie Gagat. Sie hieß ... ich habe vergessen, wie sie hieß. Aber daran erinnere ich mich, daß, während sie die Gläser ungestüm abwusch, ihr Halsausschnitt sich spannte und glänzte.

Und VII. Deine liebe Braut, das Fräulein Pepper [nein, nein, ich habe keine Lust, sie mit dem lächerlichen Namen, den sie hat, zu nennen!] schielt vor Gefühlsseligkeit. Als ich dich darauf hinwies, warst du aufgebracht. Aber jetzt wirst du gemerkt haben, daß Mütter immer die Wahrheit sagen.
Und die Wahrheit ist, daß ich es nicht für klug hielt, beim Abwickeln des Strangs cyclamenfarbener Wolle, die ich gekauft hatte, dich um Hilfe zu bitten. Jetzt, wo der Frost kommt, wollte ich dir einen Schal stricken, der dich vor Erkältungen, vor allem vor der Bronchitis schützen sollte.

4. Kapitel 4
Ein Tango aus alten Zeiten

Ich fühle mich wie ein kleines Mädchen, wenn ich mit dir jenen greulichen Tango tanze, der so anfängt: Komm wieder in meine Arme, vergiß, was geschah. – Wir sind Nullen mein Sohn, einfach Nullen, geliebter Eliacim.
Mit silbernem Haar. Wie entsetzlich! Mit einem bitteren Zug um den Mund. Wie entsetzlich! Mit totem Blick. Wie entsetzlich!
Mein Sohn, tanze mit mir diesen Tango. Halte mich fest an dich gedrückt und trällere mir leise dieses wider-

wärtige Lied ins Ohr; es schenkt mir die Jugend wieder und füllt mir die Brust mit schlechten Absichten. Gehorche deiner Mutter, mein Sohn, damit niemand sagen kann, du seiest ungehorsam.

5. Kapitel 5
Die Tradition

Mein Sohn, wenn du die Tradition nicht liebst, wirst du niemals völlig glücklich sein. Du wirst nur zeitweise glücklich in verlorenen Augenblicken, wenn du, trotz allen Widerstandes kein anderes Mittel mehr weißt, als glücklich zu sein. Nur obenhin glücklich, wie ein Kügelchen das, da man es so lange angesehen hat, Vertrauen faßt und sich plötzlich in einen Scarabäus mit Flügeldecken von altgoldener Farbe verwandelt.
Du mein Sohn, solange du das Althergebrachte nicht liebst, wirst in deinem Herzen die Orchideen nicht wuchern sehen. Nein, keine Orchideen, besser Lilien. Denn Lilien bewirken den nützlichen Ruhm, den Ruhm, nach dem man eingeschätzt wird und der verursacht, daß man von dem, der ihn hat, sagt: Das ist ein Traum von einem Jungen. Der wirds weit bringen!
Und du mein Sohn, solange du die Tradition nicht liebst oder wenigstens so tust, als ob du sie liebtest, wirst das goldene Ei nicht legen.
Ich erfülle meine Pflicht und mache dich darauf aufmerksam. Du kannst nun handeln wie es dir richtig erscheint.

6. *Kapitel* 6
Eine Partie Poker, die niemand sehr interessant fand

Es waren drei Spieler, mein Sohn, drei und mit dir vier. Es schlug ein Uhr in der Nacht. Die Bar war gedrängt voll Damen und Herren. Jener Amerikaner, den die Polizei einige Tage später über die Grenze abschob, fing seine Litanei wie jede Nacht an: Ladies and Gentlemen. Es klingt gut dies «Ladies and Gentlemen». Die junge Herzogin von Selsey erzählte mit schreiender Stimme die freche Geschichte vom Torero und dem Jagdhund. Der Admiral MacTrevose, ganz rot vor Glück, drückte seine Knie gegen die Knie der Mrs. Stornoway, diese schüchterne Rothaarige, die ihrem Mann so viel Verdruß macht. Du, mein Sohn, ganz vertieft in dein Pokerspiel, vergaßest die einfachsten Regeln des göttlichen Triebwerkes, als du Maria Rose am Handgelenk packtest und sagtest: «Verzeihung, mir wäre es lieber, wenn Sie nicht betrügen würden.» Ich war stolz auf dich, als ihr Mann dir jenen schrecklichen Schlag auf den Mund versetzte, das kannst du mir glauben!

7. *Kapitel* 7
Das Schlimme kam hinterher

Du warst ein selbstquälerischer Junge, zeigtest der Welt ein barsches Wesen. Wahrscheinlich hieltest du dich für schwieriger als nötig. Du dichtetest in Versen und in Prosa, ohne großen Erfolg, das ist wahr. Du dachtest oder besser gesagt, du träumtest mit gewissem Genuß, gewisser Heftigkeit sogar. Und die hauchzarte Bewegung eines Blütenblattes, der lärmende Laut eines bunten Schmetterlings im Flug oder eines verliebten Spatzen Blick, der fähig ist, Kathedralen einzureißen oder dein Herz, vor allem dein einsames Herz, all das erschien dir wie einem Schachspieler die Läufer, Türme, Königin und Bauern, logische Teile von völlig konventionellem Wert. Das Schlimme kam erst hinterher!

8. *Kapitel* 8
Der Cognac und der Rum

Bei jungen Leuten wie du, Eliacim, besteht stets die Möglichkeit zu einer übertriebenen Neigung für Synopsis. Ich habe dir immer gesagt: denk doch etwas vager, denke mehr Unpräzises. Etwas Konfusion ist nun einmal praktisch.

Aber du versteiftest dich eigensinnig darauf, nicht auf die Ratschläge der Älteren zu hören. Nun zum Glück warst du schon Staatsbeamter, Angestellter und konntest dich selbst einschätzen. Trotzdem glaube ich, du solltest gewisse Gewohnheiten ändern. Dem Weihnachtsputer gibt man ein paar Gläschen guten Cognacs, ehe man ihm den Hals durchschneidet. Weißt du, es ist wie ein Ritus. Dem zum Tode Verurteilten hat man früher auch ein Glas Rum gegeben. Es scheint, daß sie – wie soll man sagen – gestärkter von dannen gehen. Rum ist ein sehr männliches Getränk.

9. *Kapitel*
Die Libelle

9

Ich wünschte, du wärst eine Libelle oder etwas ähnliches, klein, elegant, damit ich dich ewig an meinem Herzen tragen könnte.

10. *Kapitel*
Havanna-Zigarren

10

Du hattest deine Berufsausbildung beendet, auch das praktische Jahr, und damit war wirklich und ohne jegliche Zweifel deine Lehrzeit fertig. Da führtest du mich in den Park zu der hölzernen Bank unter dem alten Nußbaum, genannt «der glücksbringende Wurm». Du sagtest und machtest dabei eine so überirdische Gebärde, daß ich – allerdings nur einen Augenblick lang – an eine Liebeserklärung dachte:
«Bist du zufrieden mit mir, liebe Mutter?»
Ich betrachtete aufmerksam einige allegorische Zeichnungen, die eine andere Frau und ein anderer Mann an einem längst vergangenen Tage in die Rinde des Nußbaums mit einer Messerspitze eingeritzt hatten. Ich wußte wahrhaftig nicht, was dir antworten. Ich war auf diese Frage nicht gefaßt.
Ich wollte es wieder gut machen und dachte: Mein Sohn, der alle seine Illusionen in diesen entscheidenden Augenblick gelegt hat, verdient es, daß man ihn mit mehr Zärtlichkeit, mit liebevolleren Gesten beschenkt.
Ich sagte zu dir: «Weißt du welche Havanna-Zigarren die aromatischsten, köstlichsten, handlichsten sind?»

Dein Blick folgte dem meinen und vereint ruhten sie auf einem von einem Pfeil durchbohrten Herzen, das jene Liebesleute vergangener Tage in der Rinde des «glückbringenden Wurms» des alten Nußbaums hinterlassen hatten. Er ist wie eine Klagemauer.

11. *Kapitel* 11
Isabella

Auf der Rennbahn ließest du dich neulich vom Gefühl hinreißen und verlorst dein Geld. Die alte Isabella berückte dich mit ihren niederträchtigen Künsten, und jetzt mußt du die Folgen tragen. Und du wirst nicht gewitzigt, du wirst nicht gewitzigt. Und nicht nur, weil ich nicht immer hinter dir her sein kann.

Daß sie eine göttliche Gestalt hat, weiß ich. Ich weiß auch, daß sie aus guter Familie ist, gut erzogen und daß sie vor nicht langer Zeit die erstaunlichsten Erfolge in den Badeorten am Kanal hatte. Das macht nichts. Ich glaube trotzdem weiter, daß Isabellas sechs Jahre schon mehr als genug sind. Und wie erst beim Zweimeilen-Rennen!

12. *Kapitel* 12
Eine literarisch-musikalische Versammlung, zu der sogar ein Ex-Minister erschien

Sie wurde mit großem Vorbedacht organisiert. Das heißt, in Wirklichkeit organisiertest du es mit großem Vorbedacht, alles ganz genau überlegt bis zu den klein-

sten Einzelheiten, die so oft übersehen werden, selbst von den durchtriebensten Hausfrauen. Deine Helfer waren sehr zufrieden, die Qualität des Gebäcks war ausgezeichnet, und gottlob konnte man noch rechtzeitig den besten schottischen Whisky auftreiben. Es liegt mir fern, dir deine Verdienste absprechen zu wollen. Aber in Wirklichkeit war es ein großes Glück, wie sich alles abwickelte. Du machtest die Honneurs äußerst gewandt mit rührender Miene und einer deutlich angelernten Grazie. Du kamst mir vor wie eine Botschaftssekretärin, wie ein Modemodell, wie ein junger Kanzelredner, ein Parfümhändler, beinah wie ein Damen-Coiffeur. Alle waren begeistert, wie du dich erhobst, eine Hand hobst, als wolltest du sagen: «Sehen Sie hier, meine Damen und Herren, ein entzückendes Frühjahrsmodell, chic und doch einfach, die Eleganz der Linie durch keine unnütze Zutat gestört usw. usw.» Du lächeltest mit deinem ausdruckvollsten, bestrickendsten Lächeln: «Meine Damen und Herrn, ich habe das Vergnügen, Ihnen den jungen Dichter aus dem Süden vorzustellen, der bisher völlig unbekannt war und dessen künstlerische Ideen ... usw. usw.»
Der junge Dichter aus dem Süden hatte einen etwas zu kleinen Anzug an, rundliche Hüften und eine sehr blasse Gesichtsfarbe. Er setzte sich die Brille auf und begann seine Gedichte zu rezitieren:
«Mit tiefem Bedauern muß ich Sie, mein Fräulein, an Ihre wiederholten nicht erfüllten Versprechungen ewiger Liebe erinnern, die sich, ach, im Dunst verloren haben ...»
Den korpulenten Herrn Ex-Minister stellte jedermann vor, wie um ihn in seinen Gefühlen zu kränken: «Der

gewisse Herr Soundso, Ex-Minister von Demunddem.»
Der Ex-Minister also stimmte ein vaterländisches Lied an in Versen von vierzehn Silben und danach produzierte er sich am Klavier, wofür er viel Beifall erntete.
Ich, mein Sohn, wußte nicht, was ich tun sollte und litt, wenn du mich anblicktest. Ich litt schrecklich und unversöhnlich.

13. *Kapitel* 13
Im Schwimmbad

Die dicken, die abscheulichen, die ungeheuren Damen im Schwimmbad sind alle Mütter. Seit fünf Tagen schwimmen sie über dem Ertrunkenen. Du hast mir das erzählt. Das Wasser wird jeden Sonntagabend gewechselt und der Ertrunkene, ein junger Provinzler, der ein bescheidenes Dasein fristete, indem er Gesangstunden gab, mußte, allen Symptomen nach schon seit Montagmorgen dort unter Wasser liegen. Am Freitag schmeckte das Wasser nach Chlor und hatte eine trübe Farbe wie schmutzige Milch.
Die dicken, die abscheulichen, die ungeheuren Damen der Badeanstalt – alle sind sie Mütter – schwimmen ungeschickt umher, schlucken Wasser, spucken das Wasser aus. In früheren Zeiten – ach, wie die Zeit vergeht! – wurde viel Unfug getrieben, viel Unfug. Du hast es mir erzählt.
Die dicken, die abscheulichen, die ungeheuren Damen im Schwimmbad – alle Mütter – hielten manchmal inne, lächelten erstaunt mit einer Miene, die leicht zu deuten war. Du hast es mir gut erklärt, wie du im Zimmer um-

herschwammst gleich einer dicken Frau ohne Charme. Es war sehr komisch, dich dabei zu beobachten!
Die Direktion der Badeanstalt ließ daraufhin geheimnisvolle Pülverchen ins Wasser streuen. Pülverchen, die ein deutscher Chemiker erfunden hat. Und als die dicken, die abscheulichen, die ungeheuren Damen, die alle Mütter waren, zu schwimmen aufhörten und erstaunt lächelten mit der Miene, die keine Zweifel aufkommen läßt, fingen die geheimnisvollen Pülverchen an zu wirken. Rund um die Frauen bildete sich ein Kranz von roter Farbe im Wasser. «Es war notwendig, diese heroischen, beschämenden Maßregeln zu treffen», waren deine Worte, die strotzten vor Nächstenliebe wie eine Zitrone. Die dicken, die abscheulichen, die ungeheuren Damen der Badeanstalt – alle sind sie Mütter – waren nun schon seit fünf Tagen über dem jungen Gesanglehrer herumgeschwommen, der all seine Hoffnung auf die Eroberung der Großstadt gesetzt hatte. Nun ja. Jetzt, nach den geheimnisvollen Pülverchen, stieg manchmal eine Dame aus dem Wasser mit eng anliegendem, tropfendem Badeanzug und ging zu den Ankleidekabinen. Einige von den Frauen zogen sich an und gingen nach Hause, sich um ihren Haushalt zu kümmern. Andere aber nicht. Andere kamen zurück und schwammen weiter über dem Ertrunkenen, über dem jungen Gesanglehrer, der, da niemand sich die Mühe nahm, ihm die Augen zu schließen, einem jungen, toten Seebrassen ähnlich sah.
Du, mein Sohn, schienst mir eher einem Vogel ähnlich zu sehen, einem Zaubervogel.

14. *Kapitel* 14
Ein starker Regen trommelt gegen die Fensterscheiben

Der Regen trommelt gegen die Fensterscheiben, mein Sohn. Es ist schlechtes Wetter, und die Insekten auf den hellen und grünen Wiesen, auf den grünen und düsteren Bergen versuchen den schlauen Bauch der Steine zu finden, den Bauch zum Platzen voll huldreicher Gnade.
Als du zur Welt kommen solltest, mein Sohn, trommelte der Regen nicht gegen die Fensterscheiben. Eine strahlende Sonne glänzte mitten am Himmel, während das Barometer heilsamen Luftdruck anzeigte.
Es war Frühling, mein Sohn, und die fliegenden Insekten schrieben deinen Namen mit goldenen Lettern auf die weißen, kleinen Wolken.
Niemals hätte ich gedacht, daß ich dich so lieben würde!

Kapitel 14*a* 14a
Ein starker Regen trommelt gegen die Fensterscheiben [andere Version]

Der Regen trommelt gegen die Fensterscheiben, Eliacim. Es ist ein intimes, zärtliches Wetter, ein Wetter, um sich im eigenen Herzen zu verstecken, in unseren eigenen Herzen, die wir als brennende Herzen malen könnten. Gelassen träume ich, daß dieses Wetter anhielte, daß es so fortdauere, daß es ewig sei wie meine besten und reinsten Gefühle dir gegenüber. Du kannst fortgehen. Ich bleibe am Kamin sitzen und blicke den Sessel an, in den du dich nicht hast setzen wollen. Aber ich werde nicht allein sein, das kann ich dir versichern. Dei-

ne Mutter ist noch nicht in dem Alter, wo sie so allein ist wie ein Stein auf dem Weg.
Du, gehe nur ...

15. *Kapitel*
Gerichtsberichte 15

Ein kleines Provinzblatt hatte ganz reizende Partien, Rubriken voller Zauber.
Ich kaufte diese Zeitung täglich, um deinen Namen darin zu lesen, der fast nie vorkam.
Die einzelnen Sparten hießen:
«Aus der Gesellschaft», «Lokalnachrichten», «Heiligenkalender und religiöses Leben», «Unsere Stadt vor fünfundzwanzig Jahren» [das war das Allerreizendste!], «Gemeindenachrichten», «Jagd und Fischerei», «Fünf Minuten Muße, Spiele und anderer Zeitvertreib», «Kurze Bekanntmachungen», «Poesie zur Abendstunde» [dort erschien manchmal dein Name], «Küchenrezepte» und «Gerichtsnachrichten».
Diese letzte Rubrik lasen die meisten Leute heimlich, um ihr gewissermaßen keine allzugroße Bedeutung beizumessen.

16. *Kapitel*
Es ist immer lustig, an kleine Kinder zu denken 16

Ja, als du klein warst, noch ziemlich klein und noch nicht über das Archimedische Prinzip hinweggekommen warst ...

Ach, es ist eine etwas lange Geschichte! Du hattest Korkenzieherlocken, weiche, blonde, sehr dichte ... vielleicht ein wenig zu lange. Die ganze Stadt bewunderte dich, mein Sohn, mit deinem schönen Halstuch aus Naturseide und deinen Schuhen aus braunem Saffianleder.
Es ist eine lange und seltsame Geschichte, mein geliebter Eliacim, und ich glaube, ich werde sie gar nicht erzählen!

17. *Kapitel* 17
Der gut erzogene Nachbar

Du nicht! Aber dein Vetter Richard! Ach, dein Vetter Richard! Dein Vetter Richard ist ein Faulenzer, der nichts anderes tut, als seiner Mutter Ärger zu bereiten. Dein Vetter Richard, dieser Springinsfeld, hat einen Nachbarn, den man einbalsamieren müßte. Natürlich erst, wenn seine Zeit gekommen ist. Man sollte ihn dem städtischen Museum schenken, damit er uns als Beispiel erhalten bliebe. Der Direktor des städtischen Museums sollte anordnen, daß man ihn öfters mit einem Flederwisch abstaube und ihm außerdem die Augen mit Eiweiß auswasche, diese Augen, die den Besucher zu fragen scheinen: «Haben Sie die Zehn Gebote für die Stadtbewohner gelesen?»
«Die Zehn Gebote für die Stadtbewohner? Keine Ahnung!»
Der Nachbar deines undankbaren Vetters Richard hat so viele Fähigkeiten, daß man sie wahrscheinlich gar nicht mit den vorhandenen Zahlen aufzuzählen vermag. Die hervorstechendste seiner Eigenschaften [meinetwegen eine der hervorstechendsten seiner Eigenschaften,

die ich dir nur als Beispiel anführen will] ist sein Verhalten gegenüber den verdutzten Benützern des Fahrstuhles. Der Nachbar deines ekligen Vetters Richard sagt mit einem Lächeln auf den Lippen, wenn es soweit ist: «Nein danke, der Lift hält wenig Belastung aus, ich gehe zu Fuß.» [Der einzige Fehler, den wir dem Nachbarn deines Vetters Richard, des großen Tagediebes, anhängen können, ist eine übermäßige Liebe fürs Lügen. Denn der Fahrstuhl hält sehr viel Belastung aus, er ist einer der besten und stärksten Aufzüge, die ich je erlebt habe.] Der Nachbar deines Vetters Richard, dieses Spitzbuben von einem Vetter, schiebt also den verdutzten Mitmenschen in den Lift, drückt auf den Knopf und läuft selbst geschwind die Treppen hinauf. Der Nachbar deines Vetters Richard, den ich gern als aus schlechter Familie kommend bezeichnen möchte, wäre er nicht der Sohn meiner Schwester, kommt immer rechtzeitig an, um die Tür des Fahrstuhls im dritten, im vierten, im fünften Stock aufzumachen. Sogar im sechsten und siebenten Stock. Die oberen Stockwerke erreicht er schon nur noch mit gewisser Schwierigkeit, mit gewissen Anzeichen der Ermüdung. Er lächelt, sagt «Hoppla» und stößt einen tiefen Seufzer aus. Kannst du dir das vorstellen, mein Sohn? Ich habe es dich schon einmal gefragt und wiederhole die Frage jetzt: Kannst du dir das vorstellen?

18. *Kapitel* 18
Die Zahnradbahn

Die Zahnradbahn ist ein kleiner Zug, weiß angestrichen, und wird von einer altertümlichen Lokomotive gezogen,

die man «Tannenwald» nennt, so wie auch oft die Hotels für heimliche Liebespaare heißen. Die Lokomotive wird bedient von einem alten Maschinisten im Eskimoanzug, der eine Seemannspfeife raucht.
Du mit deinen Skiern auf dem Rücken steigst in die Zahnradbahn und suchst dir einen guten Platz, lehnst dich aus dem Fenster und sagst den jungen Mädchen Lebewohl, die auf dem Bahnhof stehen und die später einsteigen werden, wenn ihre Freunde sie abholen kommen. Die Zahnradbahn fährt den ganzen Tag hin und her.
Alle verbringen wir auf irgendeine Weise den Tag.

19. *Kapitel* 19
Chirimoyas mit Kümmellikör

Als Nachtisch Chirimoyas mit Kümmellikör zu essen, ist ein Zeichen von großer Vornehmheit. Wie dankbar wäre ich, wenn du einmal eines Tages im Restaurant «Zum Apfel der Zwietracht», das viel von den Mitgliedern des Oberhauses und ihren Angehörigen besucht wird, denken würdest, mein Sohn: Ich will meiner lieben Mama eine Freude machen und ihr Chirimoyas mit Kümmellikör bestellen!
Wenn du wüsstest, wie dankbar ich dir dafür wäre!

20. *Kapitel* 20
«Möchtest du irgendetwas aus der Stadt mitgebracht haben?»

Frag mich doch das bitte immer, wenn du in die Stadt gehst. Was macht es dir schon aus? Ich will dir auch versprechen, immer zu antworten: «Nein, mein Sohn, ich brauche nichts, vielen Dank!» Auch wenn ich Magnesium nötig hätte oder Baumwolle zum Stopfen oder Briefmarken, neue Nadeln für das Grammophon, Salz oder den neuesten Roman deines französischen Freundes, der so berühmt geworden ist. Ich würde dir doch stets antworten, ich verspreche es dir: «Nein, mein Sohn, nein ...» usw.

21. *Kapitel* 21
Die Fliegen

Vielleicht hat schon jemand genau die zahlreichen, die sehr vielen Arten von Fliegen, die es gibt, studiert. Die Leute sagen: «Die Fliegen, die Fliegen». Oder: «Die Fliegen, die Fliegen, die Fliegen.» Also in jenem «Die Fliegen, die Fliegen» oder in jenem anderen «Die Fliegen, die Fliegen, die Fliegen» ist alles enthalten.
Nun gut, mein Sohn, ich glaube, es gibt wenigstens zwanzig Sorten von Fliegen. Aber sehr wenig kann ich dir darüber sagen. Es wäre besser, irgendein gelehrter Insektenkenner erklärte dir diese Sache.

22. Kapitel 22
Die Uhrzeit

Mein Sohn, vor vielen Jahren weintest du verzweifelt, wenn du auf einem Spaziergang einen Herrn nach der Zeit fragtest und dieser Herr, anstatt zu sagen, es sei zwölf Uhr, die Stunde, nach der alle Kinder immer fragen, dir antwortete: «Es ist Uá, mein Jungchen, es geht auf Uá.»
Ich versprach, dir eine herrliche Schweizer Uhr zu kaufen, auf der es nie Uá wäre, sondern die Cí anzeigte, «den tapferen Indianer», «den Badeanzug» Bo, Mag, Sieben und Fünf.
Wenn ich sie dir nicht habe kaufen können, so weißt du schon warum.

23. Kapitel 23
«Wir wollen beim Morgengrauen aufstehen,
um den Sonnenaufgang zu sehen,
den großartigen Sonnenaufgang über dem alten,
runden Hügel, auf dem die duftenden und
schüchternen wilden Blümchen wachsen»

Das hast du mir eines Abends nach dem Essen gesagt. Und ich mußte dir antworten: «Nein, mein Sohn, nein. Trotz allem: nein!»

24. *Kapitel*
Die Forelle

24

Als wir im Rapido-Fluß Forellen fingen, verbrachten wir die toten Stunden im Schweigen und dachten über verschiedenartige und gleichartige Dinge nach. Zum Beispiel: Wie schnell, wie gefräßig, wie geschickt die Forellen sind. Oder, daß sie uns wahrscheinlich schon entdeckt hätten. Oder: Der Tag ist wahrhaftig sehr schön. Was macht es, daß nicht eine einzige Forelle im Korb ist? – Wie schön war es damals, erinnerst du dich? Du trugst einen grünen Augenschirm gegen die Sonne und ein silbernes Cognacfläschchen mit deinem eingravierten Namenszug. Ich hatte wie gewöhnlich eine Schürze aus Kretonne an, von denen ich ja viele besitze, und trug eine Sonnenbrille.
Wir assen unter irgendeinem kleinen Baum und tranken neugeborenes Wasser aus einer Quelle, die zu unsern Füssen sprudelte. Das Wasser war vielleicht etwas zu frisch, zu rein. Am meisten Spaß machte uns, von weitem die fetten, glänzenden Stiere von Sussex zu beobachten, deren Fleisch so besonders geschätzt wird. Erinnerst du dich? Wie schön war es damals!
Niedergeschlagen, mit traurigen Gesichtern kehrten wir in dic Stadt zurück, mit bleicher Seele und den Kopf unter den Flügeln versteckt.
Erinnerst du dich?

25. *Kapitel*
Wie ein Botticelli, ein wahrer Botticelli!

25

Ich wünschte ihr den Tod in schrecklichen, andauernden, orientalischen Stürmen!

Diese Durchtriebene! Wenn sie ein Kind sieht, auch wenn das Kind wirklich nur ein Stückchen Dreck ist, so ruft sie mit lauter, sich überschlagender Stimme, so daß einem das Trommelfell schmerzt: «Wie ein Botticelli, ein wahrer Botticelli!»

Sie ist eine alte Lehrerin von mir, an die ich sehr schlechte Erinnerungen habe. Ich bitte dich, teile dieses Gefühl mit mir! Sie riecht nicht gut, sondern schlecht und sie erkennt nie an, daß irgendjemand etwas richtig gemacht hat, selbst wenn's noch so richtig ist.

Wenn man vom Wetter spricht, so sagt sie, das Wetter sei schlecht. Immer schlecht? Nun, wenigstens ist es schlecht für die Gesundheit oder für die Landwirtschaft. Wenn man von der herrlichen Sonne spricht, die vom Himmel herabstrahlt, so sagt sie, die herrliche Sonne, die vom Himmel herabstrahlt, sei trügerisch. Ganz und gar trügerisch? Ja, ohne Zweifel, sie zeigt ein Gewitter an. O mein Gott, die elektrischen Blitze töten die kleinen Hirten auf den Bergen!

Wenn man von Natalia spricht, die ein paar große, wunderschöne, schwarze Augen hat, so sagt sie, Natalia sei ohne Manieren und lasterhaft, das könne man in ihren großen, schönen, schwarzen Augen sehen, die uns nur schön erscheinen. «Warum? Was hat sie denn getan?»

«O man muß tiefer sehen können, als bis zu dem, was man tut oder nicht tut. Wozu hat uns Gott die Gabe des Folgerns verliehen?»

Wenn man vom Bürgermeister spricht, so sagt sie, der Bürgermeister sei ein Gauner, ein Dieb mit Machtbefugnissen, und das seien die Schlimmsten. Nur wenn sie ein Kind sieht, so ist sie begeistert und schreit mit ihrer schrillen, unmelodischen Stimme wie eine Eule: «Wie ein Botticelli, ein wahrer Botticelli!»
Wie ich dir schon sagte, wünsche ich ihr einen Tod in fürchterlichen, langanhaltenden, chinesischen Stürmen. Mein Sohn, verlasse mich nicht!

26. *Kapitel* 26
Eine Gummiflasche, um die Füße zu wärmen

Ich kaufte sie dir, als du dein Abitur bestanden hattest, denn es schien mir nicht richtig, daß ein Abiturient Frostbeulen hat. Die Söhne von Esperanza, die schüchtern und hohläugig sind, können ruhig mit Frostbeulen herumlaufen, denn die Leute erwarten nichts anderes. Aber du, mein Sohn, du nicht!
Du sagtest zu mir: «Die Wärmeflasche ist schön. Hat sie viel gekostet?» Damals war das Leben noch nicht so teuer, aber die Wärmeflasche war trotzdem teuer gewesen, von bester Qualität.
Als ich mit ihr nach Hause ging, machte ich ein Gedicht auf sie. Ich besinne mich nicht mehr recht darauf, weiß nur noch, daß es folgendermaßen anfing:

Flasche aus Gummi, die du wärmen sollst
meines geliebten Sohnes Füße,
meines lieben, vielmals geliebten Sohnes
meines Sohnes, der zwar erst seit kurzer Zeit sein

Abitur bestanden hat.
Wirst du ihn immer mit freundlicher Wärme verhätscheln?

Du weißt ja, Eliacim, wenn es sich um deine Angelegenheiten handelt, werde ich immer sentimental.
Sicherlich gibt's auf der Welt, wohl schon in unserer Stadt, unedle Menschen, die an der Reinheit meiner Gefühle zweifeln. Das ist mir gleich. Ich weiß ganz genau, welchem Wege ich folgen muß, ich weiß genau, welche Worte ich dir ins Ohr sagen muß, um dich aufzurichten, wenn du deprimiert bist. Ich weiß auch, welche Art von Beispielen gut für die Jugend sind und welche schädlich.

27. *Kapitel* 27
Das falsche Geldstück

Mit dem falschen Geldstück in der Tasche hattest du, mein Sohn, den gleichen Ausdruck wie ein Falschmünzer. Die Falschmünzer, mein Sohn, sind mißtrauisch und verschlagen wie Skorpione oder wie Kammermädchen, die niemand bei den Familienversammlungen verteidigt, nicht einmal Onkel Albert, der, wie du wohl weißt, ein Lebemann ist, eine Mulattenbraut hatte und noch immer viele Freunde auf dem Kontinent.
Du tratest in den Kurzwarenladen «Das Weberschiffchen von Lancaster» ein und mit dem schönen falschen Geldstück in der Tasche wolltest du Strumpfbänder kaufen, um sie deiner lieben Mama zu ihrem Hochzeitstage zu schenken. Du warst weit davon entfernt zu ahnen, daß sie dein falsches Geldstück durchlöchern und

mit einem Drahtnagel auf den Ladentisch hämmern würden. Die Hammerschläge dröhnten sicherlich wie Würfel, die auf eine Grabplatte fielen. Und du, mein Sohn, der du so empfindlich für Geräusche bist, schrakst zusammen, ich bin ganz gewiß, wie der Rekrut vor dem Morgenrock aus Spitzen der Frau Oberst, die ohne Zweifel Luise hieß.
Ich muß dir gestehen, mein Sohn, daß ich mir den Morgenrock aus Spitzen der Frau Oberst, die als Mädchen Luise MacDucaud hieß, gut vorstellen kann, wie er über der Lehne eines Sesselchens hängt in einem Schlafzimmer, das für die Augen leer ist, nicht aber für einige andere Sinne. Das Zimmer ist kosig und schummrig. Die Frau des Obersten ist, wie du weißt, jung und wie man allgemein sagt, temperamentvoll. Der Oberst Tomlinson ist auch jung und hat Karriere gemacht. An Indiens Nordwestgrenze verliert man die Gesundheit, aber man steigt sehr schnell auf.

28. *Kapitel* — 28

Briefe, die uns die Post zustellt

Du strahltest vor Freude! Wie glücklich warst du, als die Post dir jenen anonymen Brief zustellte, auf den du schon so viele Monate gewartet hattest. Anonyme Briefe zu bekommen, mein Eliacim, ist seit jeher ein ausgesuchter Luxus gewesen, den sich nicht jedermann leisten kann, etwas, das viele sich versagen müssen. Dein armer Vater, den Gott selig haben möge, hätte manches drum gegeben, um ab und an einen anonymen Brief zu bekommen und um im Klub das von der Feigheit erzählen zu können oder das Sprüchlein, es sei besser, solche Sachen zu ignorieren.

Mein Liebling, dein anonymer Brief war schön und freundlich, war auch drohend, sanft und leise drohend. Es hieß darin, es sei schwierig, Kolonialminister zu werden oder Präsident des Aufsichtsrates einer Bank, Präsident eines Petroleum-Konzerns, eines großen Trusts. Aber es ist gleichfalls schwierig, eine nackte Frau zu finden, die Gras auf einer Wiese frißt. Etwa so schwierig wie ewig zu leben oder zu wissen, ob ein Pferd zur konservativen oder zur Arbeiterpartei hinneigt. Die Pferde sind wankelmütig und wahrscheinlich wird ein normannisches Pferd, das es satt hat, Überstunden in den Docks zu verschwitzen, für die Arbeiterpartei sein und ein Rassepferd mit einem Pedigree aus dem Gotha und das schon zweimal das Derby gewonnen hat, konservativ denken.

Anonyme Briefe zu bekommen, mein Sohn, ist etwas so ausgefallenes, beinah so schwieriges wie Kolonialminister zu werden oder Präsident des Aufsichtsrates einer großen Bank, Präsident eines Petroleum-Konzerns oder eines großen Trusts. Aber es ist andererseits einfacher, als einer nackten Frau grasfressend auf einer Wiese zu begegnen oder ewig zu leben, oder, wenn auch nicht ewig, so doch mehr als fünfhundert Jahre alt zu werden.

29. *Kapitel* 29
Die Suppe

Soll man Suppe essen? Oder besser: soll man keine Suppe essen?

Im ersten Fall: welche Suppen soll man essen? Soll man Crème Argenteuil, Crème Longchamps essen oder Consommé Colbert, Consommé Mille Fanti? Oder soll man Ochsenschwanzsuppe essen?

Ach mein Sohn, welche Unwissenheit über Suppen herrscht bei den Menschen! Von vielen berühmten Männern möchte ich sagen, von vielen berühmten Leuten, die ganz normal in die Geschichte eingegangen sind, daß sie dieses Problem genauso empfunden haben wie ich.

Ach ich Arme! Ich wollte es dir gern genau erklären.

Mit großer Liebe denke ich an dich, nicht wahr? Aber trotzdem: ich kann dir nichts Wichtiges über die Suppe sagen!

30. *Kapitel* 30
Gedanken über einen Tunnel

Mein Sohn, wenn ein Zug in den Tunnel einfährt wie ein Arm in den Ärmel eines Gesellschaftsanzugs, versuchen alle Reisenden eine konventionelle Haltung anzunehmen wie die Toten. Eine Haltung, die sagen möchte: glauben Sie ja nicht von mir, daß mir ein Tunnel Angst macht. Keineswegs. Mir sind Tunnels völlig gleichgültig. Es passiert ja nichts!

Die Raucher führen langsam die Zigarette zum Mund, damit alle sehen können, daß das glühende Ende nicht

zittert, daß es im Gegenteil spartanische Gelassenheit demonstriert.
Die Nichtraucher, die früher in den alten Zügen eigene Abteile hatten, die voll Geräusper waren, versuchen diszipliniert zu husten, als ob sie damit sagen wollten: aber bitte, meine Lieben, kann es möglich sein, daß Sie denken, die Dunkelheit erschrecke mich?
Nur die heiratsfähigen Mädchen, die nur lauter Unsinn im Kopf haben und zuckende Schultern, sie erröten hoffnungsvoll verschämt, wenn der Tunnel da ist. Und sie verlassen den Tunnel blaß und angefüllt mit einer falschen Angst, die verbergen soll, daß sie Mädchen sind, die eben zum ersten Male umarmt wurden.
Es ist außerordentlich interessant mein Sohn, wirklich sehr merkwürdig und lehrreich zu beobachten, wie die Reisenden beim Einfahren in einen Tunnel ebensolche einstudierte Stellungen einnehmen wie die Toten.

31. *Kapitel* 31
Unterwäsche aus schwarzer Seide

Mein geliebter Sohn Eliacim, mein zartes Knöspchen einer wilden Rose, meine wohlschmeckende, säuerliche Walderdbeere, mein lieber Sohn! Ich erinnere mich genau, daß du dein Gesicht immer in dem Augenblick fortdrehtest, wenn ich mich auskleidete vor dieser Fotographie, die zum Abschluß deiner Berufsausbildung gemacht wurde. Du warst damals schon ein Mann. Du sahst fort, wenn du auf meiner weißen Haut die Unterwäsche aus schwarzer Seide bemerktest. Weil du so jung gestorben bist, mein Sohn, hättest du dir ruhig ein paar

Respektlosigkeiten erlauben dürfen, die ich dir niemals vorgeworfen hätte. Ich schwöre dir, mein Sohn, ich habe nie angenommen, daß etwas Verderbtes daran sein könne und ich schwöre dir gleichzeitig, daß ich lüge.
Nur das kleinste Zeichen von dir hätte genügt, um für immer meine schwarze Seidenunterwäsche zu verbannen und sie Stück für Stück umzutauschen in Unterwäsche in helleren Farben mit einfachen weißen Spitzchen besetzt.
Wäre dir das lieber gewesen? Wie töricht war ich!
Ich respektiere alle Meinungen, mein Sohn, einfach alle. Die Erfahrung hat mich gelehrt, daß ihr Männer eure eigene Meinung habt über unendlich viele Fragen, eure eigenen, ganz andern Standpunkte.

32. *Kapitel*
Deine Geheimpapiere

32

Als es mein Unglück wollte, mein Liebling, daß dein Körper verdämmerte im feinen Weinen des Meeres, sah ich deine geheimen Papiere durch mit beklommenem Herzen. Was für Tage!
Mein Sohn, ich bin die einzig Schuldige an deiner Schüchternheit. Du liebst sehr das, was ich dir beibrachte zu lieben, und dich übermannte der Gedanke, weiter lieben zu müssen. Ich hätte das ahnen sollen. Jetzt ist es an der Zeit, dir zu sagen, mein Sohn: du bist in den Entwicklungsjahren so schüchtern geworden, als du im Stimmbruch warst. [Ich bitte dich, versteif dich nicht auf Gründe für deine Schüchternheit mit jetzt ganz unsinniger Grausamkeit!]

Welche Trauer, mein Sohn! Strenge dich bitte ordentlich an, um mich nicht zu beschuldigen!
Bei anderer Gelegenheit – aber ich kann es dir nicht versprechen – werde ich deine geheimen Papiere weiter durchsehen. Jetzt kann ich einfach nicht.

33. *Kapitel* *Ist Arbeit eine Sünde?* 33

Das ist eine Frage, die mich immer sehr beschäftigt hat, mein Sohn, weil ich stets fürchtete, der Ketzerei zu verfallen.
Ich glaube, mein Sohn, daß die Liebe zur Arbeit, nicht die Arbeit an sich, eine schwere Sünde ist. Und in diesem Sinne versuchte ich dich zu erziehen. Der Mensch ist nicht erschaffen worden, um zu arbeiten, sondern um müßig zu sein und um ja nicht vom verbotenen Baum zu essen. Erst als er sündigte und aus dem Paradies verstossen wurde, fand er sich vor die Tatsache gestellt, im Schweiße seines Angesichts sein Brot verdienen zu müssen. Wir werden doch nicht Jehovas Verfluchungen lieben? Verfallen wir ja nicht der Gotteslästerung!

34. *Kapitel* *Der Instinkt fürs Geld* 34

Der Instinkt fürs Geld ist etwas sehr Kompliziertes, mein Sohn, jener Instinkt, der einen Einzelnen über die Masse erhebt.
Niemand kann Millionärsein erlernen, Eliacim, so wie

niemand ein Dichter durchs Studieren wird. Man lernt es, ein Finanzmann zu sein, Lehrer zu werden. Aber man stirbt arm und ohne Inspiration.
Der Dichter vermag alles, was er berührt, in rosa Wolken zu verwandeln. Der Millionär macht aus Steinen Gold. Es ist völlig sinnlos, sich vorzunehmen, Millionär oder Dichter zu werden. Die Neigung dazu genügt nicht, Intelligenz ist nicht unbedingt nötig, der Fleiß ist eine unüberlegte Tugend, wie ein Vogel ohne Augen ist er. Unbedingt erforderlich aber ist der Instinkt, die seltenen Instinkte für Poesie und Geld.
Der Instinkt für die Liebe, mein Sohn, gehört zu einer anderen Gattung. Weder du noch ich hatten ihn. Und wenn wir ihn hatten, so hielten wir ihn so verborgen, daß er uns gar nichts nützte.

35. *Kapitel* 35

Roulette-Spiel in jenem Badeort, der wie der «Seemannsfriedhof» von Paul Valéry war

Du sagtest mit leiser Stimme: «Ich verdoppele auf fünfzehn», und mit lauter, fast mit Stentorstimme: «Zeno, grausamer Zeno von Elea!»
Diese reizende Skandinavierin, Ilsa Sündersen, ließ den Blick nicht von dir. Ihr Mann tadelte sie häufig. Worauf sie, wie um dich zu ärgern, auf die gleiche Nummer wie du setzte.
Jenes Seebad, ich weiß nicht wieso, hatte eine vage und augenscheinliche Ähnlichkeit mit dem «Seemannsfriedhof» von Paul Valéry.

36. *Kapitel*
Veronal 36

Es hat immer zum guten Ton gehört, mein Sohn, Selbstmord durch Veronal zu verüben. Das ist ein Selbstmord für Leute, die viel geliebt haben, für Leute, denen es niemals an nichts gefehlt hat.
Die Seele nimmt eine unsichere Form an, eine Farbe wie Opal und der Körper welkt dahin in eleganter Trauer mit einstudiertem, liebenswürdigem Verzicht.
Mein Sohn, Veronal muß man mit Sekt nehmen und abends wie die Resignation. Die Frauen, nachdem sie das Veronal genommen haben, können sich lieben lassen von einem leidenschaftlichen und rücksichtsvollen Liebhaber, von einem zurückhaltenden, dienstbereiten Liebhaber. Das ist in Ordnung. Was aber nicht korrekt ist, mein Sohn, das ist Abschiedsbriefe zu schreiben!

37. *Kapitel*
Flaum 37

1. Das ist etwas, das vielleicht Walt Whitman besungen hat, und man entdeckt es erst, wenn alle seine Manuskripte durchgesehen sind.
Die Ausgabe von Pellegrini and Cudahy in New York ist ohne Zweifel gut. Aber, mein Sohn, in ihr fehlen eben die Verse, die W. Wh. sicherlich über den Flaum geschrieben hat.

2. Oder vielleicht hat nicht einmal W. Wh. den Flaum besungen, diese Erregung, die alte Sofakissen hervor-

rufen können oder zahllose Beine, namenlose Flaumbärte, die noch keine Geschichte haben. Du wirst es ja wissen!

38. *Kapitel* 38
Eine Reise rund ums Bett

Erinnerst du dich, mein Sohn, wie lustig und aufregend die Reise rund ums Bett wurde?
Erinnerst du dich jenes Nachthemdes, das ich bei der Tombola von Spencers gewann, jenes blaß-orangenfarbene Nachthemd, das dir so sehr gefiel, trotzdem es eigentlich etwas spießig war nach holländischem Geschmack. Ich trug es nur an ganz besonderen Tagen, an den Geburtstagen deines armen Vaters, den Gott selig haben möge, oder an jenen Tagen, wo wir uns vornahmen, eine kurze Partie des unsinnigen Glücksspiels, jener Reisen rund ums Bett zu versuchen.
Du warst damals noch nicht genügend gut erzogen, um das alles zu verstehen, ohne daß man es dir von Anfang bis zum Ende erklären mußte. Du wurdest rot wie eine Tomate und versuchtest deine Erregung zu verbergen.

39. *Kapitel* 39
Der Sommer

Der Sommer ist die Jahreszeit für Sterbende, die Jahreszeit, wo die Sterbenden voreilig den Zug des Todes besteigen, der vorbeifährt und im Takt alter, unbedeutender Weisen pfeift.

Im Sommer meinen die Kinder, sie seien verfluchte Vögel. Und die verheirateten Frauen erreichen wahrhaft göttliche Perfektion in der uralten Kunst, Abwesenheiten geschickt vor den Ehemännern zu vertuschen, jede auf ihre eigene Art und Weise.

Es ist völlig abwegig zu glauben, der Sommer sei die Zeit üppigen Gedeihens, wie manche Dichter mit wenig Fantasie sagen.

Glaube, mein Sohn, ist dem vertrauen, das man nicht sieht. Du hast den Sommer schon gesehen, aber ich weiß nicht, ob du ihn so gesehen hast, wie er wirklich ist, wie ich dir versichere, daß er ist. Du mußt mir glauben, daß ich dir in diesem Fall wie auch sonst immer die Wahrheit sage, nichts als die reine Wahrheit.

40. *Kapitel* 40
Das Meer, ein Meer, jenes Meer

Das Wort Meer verursacht mir Brechreiz. Ich kann davon nicht ruhig sprechen. Das Meer ist eine junge, unausstehliche Schöne, der es viel zu gut im Leben ergangen ist.

Ein Meer, irgendein Meer, selbst wenn es ein ganz bestimmtes, konkretes Meer ist, kann nicht alles sein.

Ein Meer, eine Liebe, ein Esel, eine sammetweiche Blume, ein Kind, das sich in der Großstadt verirrt hat, ein Angestellter, der wütend von seinem Personalchef verfolgt wird, eine Kugel, die am Schlachtenhimmel dahinfliegt, all das ist sehr unbestimmt, sehr ungenau. Es mag sein, daß eben alle Dinge ihren exakten Namen brauchen. Ach, es hat auch seine Schwierigkeiten mit der konkre-

ten Bezeichnung der Dinge! Diese unheilvolle Liebe, die sich «Pyramide» nennt! Jener unheimliche, mürrische Esel, der den Kopf wegdreht, wenn man den Namen «Catull» ausspricht! Jene Blume, die «Seltsame Hoffnung» hieß. Jenes Kind, das verloren ging, weil niemand zu ihm sagte: «Faß mich bei der Hand, Ricardo Henriques!» Jener Angestellte, der zu Hause «Schmach» hieß und im Büro «Erbarmen». Oder jene abgeschossene Kugel Margarita, die emsig die Bauchspeicheldrüsen des jüngsten Rekruten des Bataillons suchte ...
Die Bezeichnung Ägäisches Meer [östliches Mittelmeer] ist ein Name, den ich nicht aussprechen mag, den ich so wenig wie möglich aussprechen möchte; es ist wie eine unangenehme Verpflichtung, der ich dauernd zu entfliehen suche ...

41. *Kapitel* 41
Über die Toten und über andere, ebenso vergängliche Gedanken

Die Toten nehmen sehr erstaunliche Stellungen ein, mein Sohn. Wahrscheinlich wären sie selbst am meisten überrascht, wenn sie sich sehen könnten. Höchst interessant wäre möglicherweise eine ausführliche, lange Studie über die Stellung, in der Menschen sterben. Diese Posituren könnte man in Gruppen einteilen. Und als Bezeichnung jeder einzelnen Gruppe könnte man den Namen eines zarten, erstarrten Haustieres wählen: eines Huhnes, eines zahmen Kaninchens, einer Ente, eines sanften, grunzenden Ferkelchens. Mein lieber Eliacim, wenn die Menschen etwas kultivierter wären, könnte man aus dieser Einteilung folgern, welche Stellung wohl von dem und jenem bevorzugt wird, wenn seine Stunde kommt. Dein seliger Vater, mein Sohn, hatte sich die karitative Stellung einer gebärenden Katze ausgesucht. Es war zum Lachen! Ein paar Freunde mußten mir beistehen, ihn zurechtzurücken, um ihn in den Sarg legen zu können.

Unnütze Gedanken stellen sich in Mengen im Laufe eines Tages ein. Es ist höchst selten nötig, ihnen Beachtung zu schenken. Ein Medaillon mit einer blonden Locke, ein Kind, das noch nie auf einem Söller war, ein anderes Kind, das schon alles weiß über den kunstvollen Flug der Goldamsel ... Mehr und immer mehr solcher Gedanken!

42. *Kapitel* *Lord Macaulay* 42

Ich habe dich immer sehr geliebt, mein Sohn. Immer zeichnete ich dich aus durch meine sehr egoistischen und sehr ernst gemeinten Liebkosungen.

Immer bist du für mich das Ziel all meiner Wünsche gewesen. Aber ich hätte es vorgezogen, wenn du so gelassen und umsichtig wie Lord Macaulay gewesen wärest, wie dieser elegante Konservative, der große Kenner der englischen Geschichte.

Wahrscheinlich liegt die Schuld an mir und an niemandem anders, daß du kein Lord Macaulay geworden bist. Was dich betrifft, so hatte dein Vater sehr wenig mit dir zu tun, hat einen sehr geringen Beitrag geleistet. Uns Müttern allein gehören die Kinder. Wir beschützen euch, umhegen euch mit unsern Gedanken, in denen immer eine Menge gewalttätiger, fruchtbarer, ungebeichteter Liebschaften verborgen sind. Der Vater, auch dein Vater, mein Sohn, war niemals mehr als ein rein dekoratives Element, die Rechtfertigung für uns, um im Sohne alle seine Tugenden zu lieben, die, die Gestalt haben und die es nicht haben, die mit Namen und die namenlosen, die nützlichen und diejenigen, die – so seltsam es erscheinen mag – auch brauchbar sind. Mein Sohn, Lord Macaulay hätte eine große Rolle gespielt, wäre er deine Mutter gewesen. Als dein Vater hingegen, hätte er nichts anderes als seine Pflicht tun können. Aber, Eliacim, ich habe bisher noch nicht herausgefunden, mit welchen Mitteln ich gegen die Zeit ankämpfen kann.

43. *Kapitel* 43
Die Monarchie

Es ist unterhaltsam, über die Monarchie nachzudenken. Man kann sich in eine Sofaecke kuscheln und anfangen zu denken wie die indischen Heiligen. Ich beginne damit zu denken, keine Zehen zu haben. Ich fühle die Zehen nicht mehr. Der Fuß ist mir bis zum Knöchel abgefallen; die Wade löst sich wie Zucker auf. Wie wohl fühlt man sich ohne Waden! Die Muskeln verlieren sich gleich einem Schiff, das am Horizont verschwindet. Es ist trostreich, sich ohne Muskeln zu wissen. Die Monarchie zergeht wie ein zartes Wölkchen. Sie ruht aus in einem seltsamen Limbus ohne Kompaß und ohne Uhr. Verteidigen wir unsere private Monarchie, denn sie ist das letzte Bollwerk unseres Herzens. Das Herz ist nicht in der

Brust, sondern im hintersten, geheimsten Winkel unserer Monarchie.

Wir verteidigen nicht starrköpfig den sturen, den harthäutigen König. Die Monarchie muß nicht unbedingt mit der Person eines Königs verknüpft sein. Aber ohne Zweifel benötigt die Monarchie einen König, einen Monarchen, der zu gewissem Zweck unser unersättliches Herz schlagen macht.

44. *Kapitel* 44
Italien, Frankreich, Spanien, unser gutes altes England

In Italien lieben die Mütter ihre Kinder, indem sie sich alle ein bißchen wie schöne, leidenschaftliche Beatricen gebärden.

Die Mutterliebe im sachlichen, süssen Frankreich zeigt sich meist als ein unterweisendes Schauspiel voll von unwahrscheinlichen Vorbehalten. Madame Bovary war eine tadellose Mutter.

Im fernen Spanien beißen die Mütter ihre Kinder in den Nacken bis sie bluten, um ihre ausdauernde, unveränderte Liebe zu beweisen. Mr. Borrows reiste im weiträumigen Kastilien umher und verkaufte Bibeln. Er hat das erzählt, wie mir Mrs. Perkins versicherte, die witzige Dame, die ihren Mann beseitigte, indem sie ihm einen Einlauf von verdünnter Salpetersäure verabreichte.

In unserem alten, guten England haben die Mütter keine besondere, festgelegte Art, ihre Söhne zu lieben. Darin herrscht wie in vielem andern eine große Freizügigkeit.

45. *Kapitel*
Ich liebe die spanischen Spielkarten

45

Ich liebe die spanischen Spielkarten, die Karten mit bastos, copas, espadas und oros*.
Es ist aufregender und poetischer, mit spanischen Karten zu spielen. Jede Karte des spanischen Spiels ist eine unerschöpfliche Fundgrube der Anregung, leicht aufzunehmen, schmeichlerisch und freundschaftlich. Beim Spielen mit spanischen Karten dringt aus den am tiefsten liegenden Venen im Nacken ein wonniger, feiner Schweiß, den nur Auserwählte wahrzunehmen vermögen.
Du hattest nie eine große Vorliebe für die spanischen Spielkarten. Und je mehr ich dich zu überzeugen versuchte, sie zu lieben, desto öfter bekam ich von dir nur Ausflüchte zu hören und sogar freche Antworten. Du bist wahrlich ein frühreifer Knabe gewesen mit sehr entwickelten Drüsen.

* Das spanische Kartenspiel besteht aus Prügel, Kelch, Schwert und Goldmünze. Nummern von eins bis sieben, dann sota (Bube) Pferd und König. Entsprechend den französischen Karten: oro = Herz, copa = Pik, espada = Karo, basto = Treff.

46. *Kapitel*
Urbane Bauplanung

46

Die Leute sind heutzutage sehr in Anspruch genommen von einer Angelegenheit, die sie etwas geheimnisvoll die Urbane Bauplanung nennen.
In manchen Ländern, mein Sohn, ist Urbana ein Mädchenname. Die Frauen, die Urbana heißen, sind gewöhnlich nicht hübsch, dafür aber voll selbstloser Gefühle, freundlichen Wesens, dauerhafter Neigungen, fester Prinzipien. Das mit der urbanen Bauplanung hat keinen großen Sinn. Die Stadtbaumeister könnten zweifellos eine bessere Probe ihrer Verständigkeit geben, wenn sie ihre Mussestunden totschlügen, indem sie sich in den nützlichen Künsten eines Isaac Walton übten, dem perfekten Angler. Vielleicht würden dann die Straßen und Plätze unserer Städte mit größerem Ernst angelegt werden. Es könnte ja sein!

47. *Kapitel*
Die Sanduhr

47

Es ist sehr unterhaltsam, die Zeit durch das Hälschen einer Sanduhr verrinnen zu sehen.
Heute ist Montag, wo ich diese Zeilen zu deinem Gedächtnis, Eliacim, schreibe. Die Sanduhr zeigt nicht die Wochentage an, es ist nur eine sehr kleine Sanduhr. Aber ich weiß, es ist Montag, ich bin ganz sicher, daß es Montag ist, und niemand kann es mir ausreden, daß es jetzt in diesem Moment Montag ist. Manchmal, besonders an Montagen, habe ich das Gefühl, sterben zu müssen, weil

mich ein unerklärlicher, starker Wunsch übermannt, drei oder vier Tage schon voraus zu sein, daß es schon Donnerstag oder Freitag sei. Dann rede ich mir ein: heute ist ohne jeden Zweifel ja schon Donnerstag. Obgleich ich mir wünschte, daß es Donnerstag wäre und ich beinahe sicher bin, daß es Donnerstag ist, stelle ich mir vor, es sei Montag, aber mit dem Hintergedanken, daß diese meine Vorstellung ja nichts weiter als ein Fehler sei. Dann sehe ich auf den Kalender und aufs Datum der Zeitung und merke, daß der Kalender und der Kopf der Zeitung dem gleichen Fehler unterliegen, der gleichen Sinnestäuschung wie ich! Ich gehe auf die Straße und spreche die erste gut aussehende Dame, der ich begegne an: «Können Sie bitte so freundlich sein und mir sagen, welchen Tag der Woche wir heute haben?»
Und die Dame wird mir antworten: «Mit dem größten Vergnügen, meine Liebe. Es ist Montag, den ganzen Tag lang Montag. Und morgen ist Dienstag, übermorgen Mittwoch, dann Donnerstag und so weiter.»
Die Meinung ist sehr verbreitet, daß alle Montage wirklich Montage sind. Es wäre viel amüsanter, wenn ein Teil der Menschheit der Ansicht wäre, daß einige Montage Donnerstage seien. Vielleicht, wenn die UNO öffentliche Sanduhren konstruieren ließe, die die Wochentage und die Monate des Jahres anzeigten, so könnte man das vielleicht erreichen.
Inzwischen, ehe man nicht zu einer heldenhaften, revolutionären Entscheidung gekommen ist, bin ich weiter in der Klemme, weil ich für mich allein nicht entscheiden kann, an welchem Wochentage ich eigentlich gern leben möchte. Dies, mein Sohn, kann man nicht freien Willensentscheid nennen!

48. *Kapitel*
Die Einsamkeit 48

Seit einiger Zeit fange ich an zu denken, mein Sohn, daß die absolute Einsamkeit mir am besten vielleicht deinen Schatten auf Dinge widerspiegeln könnte. Aber es war nicht der Fall. Dein Schatten erscheint manchmal, das ist wahr. Aber immer verschwommen und bar jeden Reizes. Dich, mein Sohn, die Erinnerung an dich, kann ich besser greifen inmitten von Menschen, Tieren, Dingen, zwischen Gestein und Gebirgsvögeln, unter den Gewächsen des Gartens. Vielleicht ist dir das so recht. Ich kann dir schwören, daß ich alles versuche, um dich nahe bei mir zu fühlen, ganz, ganz nah.
Die Einsamkeit, mein Sohn, ist kein geeignetes Holz, in dem meine Fingerspitzen die Unebenheiten deines Namens, Eliacim, erfühlen könnten.

49. *Kapitel*
Winter im Gewächshaus 49

Kannst du dir, mein geliebter Eliacim, die lauen, langweiligen Winter der Tulpenzwiebeln im feuchten und warmen Gewächshaus, im lasterhaften Gewächshaus vorstellen?
Manchmal meine ich, mein Sohn, ich würde mich gern verwandeln in eine Hand voll Dünger aus dem Gewächshaus oder in jene zimperliche Spinne mit den langen, haarigen Beinen, die – so unwahrscheinlich es aussieht – an ihrem Faden hängt, der in der Sonne glitzert. Andere Male hingegen fühle ich mich versucht, das Ge-

wächshaus willkürlich zu zerstören, um mich in seinen Trümmern zu vergnügen, um barfuß über die Glassplitter zu spazieren, über die zerbrochenen Ziegel, über die heilen, die zaubervollen Tulpenzwiebeln.

50. *Kapitel* 50

Dieser kahle Totenschädel, den wir alle unter der Haut verborgen haben, wenn wir auch so tun, als wüßten wir es nicht

Ich bin im Glauben erzogen worden, daß die Totenschädel trocken seien wie die Steineichen auf den Bergen, in die der Blitz geschlagen hat. Mein Hochmut wurde von Gott gestraft. Er verdammte mich dazu, mein Sohn, dich immer vor Augen zu haben mit einem Schädel, der zum Hochzeitsbett für die Medusen geworden ist.
Aber diese Vorstellung tröstet mich nicht, Eliacim. Du hast eine wenig schicksalsergebene Mutter!

51. *Kapitel* 51

Ich möchte ein Gedicht schmieden können

Ich möchte ein Gedicht, dir zu Ehren, machen. Ein Gedicht, in dem die herrlichsten, die bedeutungsvollsten Worte vorkommen: Kind, grau, Hoffnungslosigkeit, vorsichtige Flucht, Beine, Opfer, Gefühl, Bonbon, naher Horizont, Lebewohl. Wenn ich Talent hätte, Eliacim, würde ich ein Gedicht zu deinem Gedächtnis schreiben. Ein Gedicht, in dem die herrlichsten, die bedeutungsvollsten Worte vorkämen: Jüngling, grau, unverzeihlich, rücksichtslose Flucht, Oberschenkel, Agonie, trockene Frucht, Horizont in der Hand, Lebewohl für immer.

52. *Kapitel* 52
Die Haut, ein Seismograph

Wenn sich das Menschengeschlecht endlich nicht mehr für so schlecht hielte, würde es die Haut, diese ungeheuere Erfindung, als Seismographen benutzen. Von mir kann ich nur sagen, mein Sohn, daß ich mich sehr glücklich fühle, wenn mir eine Gänsehaut den Rücken hinunterläuft, wenn sich mir die Härchen auf den Armen sträuben, wenn ich merke, daß sich meine Schläfen mit einer kalten, etwas rauhen Haut zu überziehen scheinen. Dann weiß ich, daß aus deinen Augen ein winziger, blinder Fisch herausschwimmt.

53. *Kapitel* 53
Ohne Maske, ohne Handschuhe, ohne Hemd

So ist es Eliacim: die wahrhaft ehrlichen Helden, so wie du einer bist, haben es vorgezogen, den Fischen im Meer das zu geben, was wir irdischen Mütter nicht verstanden haben, uns zu erhalten.
Ach, wäre ich doch ein stachliger, gewalttätiger Fisch der tiefsten Gründe, oder wäre ich feiner Sand am Meeresboden oder Salz!
Ohne Maske, ohne Handschuhe, ohne Visier kann man auch sang- und klanglos sterben, Eliacim, und sogar die Sünden mit sich fortnehmen, die man nicht begangen

hat, diese allerältesten, süßesten Sünden, diese Sünden, die es fertiggebracht haben, uns in Resonanzböden zu verwandeln, vielleicht sogar in zärtliche Spieldosen.

54. *Kapitel* 54
Feldblümchen

Es würde mich jetzt freuen, hätte ich mir früher eine wohlgeordnete Sammlung von Feldblumen angelegt, damals, als ich noch jung war und, wenn auch nicht schön, so doch anmutig, damals zu der Zeit, als du, ohne jemanden zu überraschen, zur Welt kamst.

Fürsorglich gepreßt und aufgeklebt, jede Blume auf ein Blatt Büttenpapier, könnte jetzt meine Feldblumensammlung einen ganzen Schrank füllen, einen Wunderschrank.

Und ich würde jetzt, wo ich so allein bin, mich in den toten Stunden mit meiner Sammlung beschäftigen wie ein Totengräber und mir dabei leidenschaftliche und zur Fehlgeburt führende Liebeskämpfe der Blumen vorstellen. Vielleicht ist dies die grausamste und ruchloseste Art zu lieben.

Mit diesem Schrank voll schlechter Gedanken, mein Sohn, wäre meine Welt nicht mehr so in weiß gemalt, wie sie heute ist. Und möglicherweise würdest du plötzlich hinter der Margerite hervorkommen oder unter dem heilkräftigen Stechginster.

Wenn ich eine vollständige Sammlung von Feldblumen hätte, Eliacim, ich würde zu dem Meer reisen, das dich wiegt, und würde alle Blumen auf einmal über die Wellen streuen. Aber ich habe nicht beizeiten daran gedacht.

55. *Kapitel* 55
Die Gegenwart des Teufels

Als ich ein kleines Mädchen war, erschien mir der Teufel fast in jeder Nacht. Der Teufel nahm die verschiedensten Gestalten an, um sich mir zu nähern. Manchmal verwandelte er sich in ein zimtfarbenes Hündchen, das nach Jasmin duftete. Andere Male kam er als winzige schwarze Spinne, die nach Pfefferminze roch. Wieder andere Nächte war er ein leichtes Beben der Wand, an der es wie von Glühwürmchen leuchtete. Manchmal war er dein Großvater, Eliacim, der sehr beleibt war, jedoch eine Fistelstimme hatte. Mein Vater ist Zeit seines Lebens sehr unglücklich gewesen, mein Sohn, denn obgleich er sehr glücklich war, glaubte er es nicht. Wenn er mich abends segnete und mich auf die Stirn küßte, roch er sehr intensiv nach Schwefel.

Ich, mein Sohn, war damals so naiv, daß ich mir einbildete, eine Tochter des Teufels zu sein. Wenn ich, die Augen fest zugedrückt, daran dachte, fühlte ich, wie es mir heiß die Brust herabrieselte wie verrückt gewordene Tausendfüßler.

Später wurde alles ganz anders.

56. *Kapitel* 56
Zu Fuß? Zu Pferd? Auf dem Fahrrad? In der Postkutsche? Im Auto? An Bord eines luxuriösen Überseedampfers? In der Eisenbahn? Im Flugzeug?

Um dich zu finden, Eliacim, um für dich ins Gefängnis zu gehen, würde ich keine Zeit vergeuden und aussuchen.

Wenn man sich liebt, mit der sturen Täuschung, mit der ich dich liebe, mein Sohn, so verschießt man nicht unnütz das Pulver. Das bleibt den Liebesleuten überlassen, deren Uhr noch immer die Stunden der Illusion anzeigt. Um dich zu finden, Eliacim, um mich deinetwegen verleumden zu lassen, würde ich niemandem auch nur eine Minute schenken. Eine Minute, die mir hinterher keiner wiedergibt.
Ich weiß nicht, wie du die Dinge siehst. Ich kann dir aber versichern, daß du, wärst du an meiner Stelle, die Dinge nicht viel anders sehen würdest als ich.

57. *Kapitel* 57
Das Rotwelsch

Wenn ich das Rotwelsch beherrschte, niemand außer dem Rotwelsch selbst würde auch nur ein Wort verstehen. Wenn ich meine Zunge verlottern lassen könnte, würde ich sie niemals wieder für die Tugend benutzen.
Das Rotwelsch, mein Sohn, ist ein wenig so wie der leichtsinnige Verwandte, den alle beneiden und trotzdem so tun, als ob sie ihn verabscheuten. Ich hätte mir für dich, Eliacim, ein rotwelsches Leben gewünscht. [Achte nicht weiter auf das, was ich sage! Vielleicht ist es nur einer dieser Gedanken, die Mütter aussprechen, deren Söhne ruhmvoll in Erfüllung ihrer Pflichten starben.]

58\. *Kapitel*
Segelschiffahrt 58

Ach, wenn wir beide, du und ich, zu Zeiten der Segelschiffahrt gelebt hätten! Ach, wenn wir beide, du und ich, damals gelebt hätten!
Als man mit Segelschiffen fuhr, schien das Meer einem Alkoven zu gleichen, in dem du und ich uns getroffen hätten. Wie schade, zur falschen Zeit geboren zu sein! Es wäre möglich gewesen, daß wir uns bei der Begegnung nichts zu sagen gehabt hätten. Für solche Augenblicke der Unentschlossenheit schufen die Götter den Geruchssinn. Das ist etwas Ähnliches wie ein Radar der Seelen. Zu Zeiten der Segelschiffahrt, Eliacim, tat das Meer so, als sei es ein Wald voll zärtlicher Pfade, ein Urwald, der seine Jungfräulichkeit aus Liebe verloren hat. Heute ist das alles anders geworden.

59\. *Kapitel*
Kenntnisse über Architektur 59

Der Spitzbogen, Eliacim, ist ein leicht zu erkennender Bogen. Aber es ist nicht die Leichtigkeit, die ich – jedenfalls in diesem Augenblick – mir für dich wünschte.
Mit einigen Kenntnissen über Architektur, mein Sohn, ist ein Mann wie du unwiderstehlich für Frauen jeden Alters, einbegriffen so alte Frauen wie ich.
Der Bogen eines Hufeisens, mein geliebter Eliacim, ist ein eleganter und gefährlicher Bogen. Aber es ist nicht die Eleganz, wohl aber die Gefahr, die ich dir wünschte, wenigstens dann, wenn ich mir vorstelle, wie ich gewollt

habe, daß du werden solltest.
Mit einigen Kenntnissen über Architektur, mein Sohn, kann ein Mann wie du in den Tränen der Frauen, die er zerstört hat, ertrinken, jener Frauen, die deinem Blick nicht widerstehen konnten, die dir in nichts zu widerstehen vermochten, so groß war deine Kraft.
Mein geliebter Eliacim, der Spitzbogen ist ein höflicher, hilfsbereiter Bogen. Aber unter vielem anderem ist es nicht die Hilfsbereitschaft und Höflichkeit, die du mir hättest erweisen sollen.
Mit einigen Kenntnissen über Architektur, mein Sohn, kann ein Mann wie du mit einer Seele leben, die sich von Liebe nährt. Aber in Wahrheit hast du, Eliacim, niemals auch nur den leisesten Begriff von Architektur gehabt. Du, Eliacim, warst eher ein Abtrünniger.

60. *Kapitel* 60
Tiere in Freiheit

Kannst du dir die Tiere der Berge in Freiheit vorstellen? Das schädliche kleine Raubzeug und die sanften, sentimentalen Viecher, den Wolf, den Marder, den Damhirsch, die Gemse, die Kreuzotter und den Distelfink?
Kannst du, mein Sohn, dir den ersprießlichen Wirrwar vorstellen, der auf den Bergen herrschte mit allen Tieren in Freiheit, wenn ihre Herzen ohne Kompaß schlügen? Auf dem Grunde des Meeres, mein Sohn, erfreuen sich die Fische einer noch größeren Freiheit, die intimer, die mehr ihnen gemäß ist.
Ich möchte ein schmutziger Tintenfisch der tiefsten Meeresgründe sein, mein Sohn, um dich umarmen zu

können, um dir ins Ohr zu flüstern: «Jetzt kannst du nie mehr davonlaufen!» Aber ich weiß genau, daß du mir nicht zuhören wirst. Du hast dich immer den Worten deiner Mutter gegenüber taub gestellt, Eliacim. Auch würde ich gern – o, eitler Wunsch! – eine Sirene auf den Klippen sein, mein Sohn, um dir Homer vorzutragen oder um dir wenigstens etwas zu gefallen.

Kapitel 60a
Tiere in Freiheit
[andere Version]

60 a

Wenn du ein wildes Tier in Freiheit wärst, Eliacim, ein Fuchs, ein Maulwurf, eine Grille, ein Geier, so würde ich dich mitleidlos verfolgen, würde ich dir nachstellen mit Hunden, Fallen, Gift, mit den tödlichsten, sichersten Waffen. Alles würde ich versuchen, um dich daran zu hindern, wieder zu entfliehen wie eine verängstigte Möve auf den Wegen, die das Meer jeden Morgen erbarmungslos verwischt.
Aber du, mein Sohn, warst kein wildes Tier in Freiheit. Ich bitte dich um Verzeihung, daß ich aus dir kein Tier in Freiheit habe zu machen verstanden, einen Sperling, einen Hirschkäfer, einen Hasen.

61. *Kapitel* 61
Der Sturz der Mark im ersten Weltkrieg

In der Schweiz, in den skandinavischen Ländern, in Spanien und noch in vielen anderen Orten der Welt gab es haufenweise Leute, die sich beim Sturz der deutschen Mark nach dem ersten Weltkrieg ruinierten. Der Weltuntergang schien für sie gekommen zu sein.
Ich kann mir vorstellen, daß die Banknoten einen solchen Schock einzugeben vermögen. Die Schocks, die ich im Leben hatte, waren ganz anderer Art. Und auf den letzten Schock, Eliacim, warte ich noch.

62. *Kapitel* 62
Die glatten Kieselsteine, die das Wasser fortschwemmt

In den Gebirgsflüssen, Eliacim, schwemmt das rasch fließende Wasser glattgeschliffene und blank gewaschene Kieselsteinchen mit sich fort: weiße, schwarze, blaue, rote, je nachdem.
Die Insekten, die über den Wassern schweben, die durchsichtige Libelle, der orthodoxe Falter oder was sich auf den Binsen am Ufer wiegt, die mütterliche Spinne, die scheußliche und wilde Gottesanbeterin, sie alle betrachten voll Staunen die glatten, die bunten Kiesel, die unten im Flußbett leben. Und in ihrer uns unbekannten Sprache geben sie den Kieselsteinen Namen, die dem gleichen, was bei uns Diamant, Gagat, Saphir, Rubin ist. Die glatten Kiesel, die das Wasser fortschwemmt, sind die Urbilder der Fiktionen, sind leuchtende Schatten der

Fiktionen, Eliacim. Ich habe das dir schon einmal gesagt, aber ohne jeglichen Erfolg. Ich hatte gedacht, wenn du das wüßtest, würde es dir nützen, um deine Gesundheit zu kräftigen. Aber du warst mir ungehorsam.

63. *Kapitel* 63
Die Sonnenuhr

Die Sonnenuhr zeigt lebendige Stunden an, Stunden des Tagwerks, leere Stunden, Feierstunden und Stunden des Müßiggangs.
Die Sonnenuhr dient nur dazu, um die Stunde treu anzuzeigen, ohne sich auf irgendwelchen Vergleich einzulassen.
Die Sonnenuhr geht nicht vor und nicht nach. Sie überlebt den Menschen, der sie gemacht hat, ihn und die Seinen.
Die Sonnenuhr kennt weder Krankheit noch Tod. Krankheit heißt für sie nicht Havarie, sondern Erdbeben. Ihr Tod, Eliacim, wäre der Tod der Sonne. Die Sonnenuhr bietet uns stets ungemein große Sicherheiten.

64. *Kapitel* 64
Geschäfte

Mein Sohn, schon als kleine Kinder vermögen gewisse Menschen unter tausenden Gerüchen den zarten, penetranten Geruch der Geschäfte herauszufinden. Das ist ein Talent wie alle andern früh sich zeigenden Talente. Wenn im Herzen des jungen Geschäftsmannes der Busch zu blühen beginnt und dann später Früchte trägt, die man kauft und verkauft, nimmt er ferne vielfältige und komplizierte Zeichen wahr, die ihn wie einen Schlafwandler leiten oder wie einen Erleuchteten bis zu den elastischsten und verschiedenartigsten Zielen hin, Ziele, die selten erreicht werden.

Wenn ein zukünftiger Geschäftsmann geboren wird, so bemalt man die Zimmerdecke mit grüner Farbe, damit die ganze Stadt das Ereignis erfahre, und man gibt den Brieftauben extra Futter, die müde vom Hin- und Herflattern sich in den Glockenturm flüchten wie Geister.

In unserm Haus, mein Sohn, sind die Zimmerdecken nie grün bemalt worden. Dein armer Vater, den Gott selig haben möge, hatte sehr simple und alltägliche Ansichten über die Farbe seiner Zimmer. Und so ist es uns entgangen.

65. *Kapitel* 65
Ereignisse

Es gibt sehr wichtige Persönlichkeiten, Eliacim, Leute, die wirklich und nicht nur eingebildet oder nachsichtig geduldet bedeutend sind, die lechzen nach unerwarteten Ereignissen wie Zusammenstöße, Entgleisungen, Vergewaltigungen, Morde.

Ich stelle mir jedenfalls vor, mein Sohn, daß es so ist. Die unerwarteten Ereignisse sind wie der Zement, der den Knochenfraß heilt, diesen Knochenfraß, der die Seelen der Steuerzahler aushöhlt. Ohne die unerwarteten Ereignisse, mein Sohn, ohne ihre wohltuende Gegenwart würden Tausende und Abertausende von Menschen

jeden Tag sich kraftlos fühlen, eingelullt von dem monotonen täglich wiederkehrenden Gewieher der Söhne und Töchter.
Du, mein Sohn, der du an deinem Tag ebenfalls ein unerwartetes Ereignis warst, wenn auch selbstverständlich mehr ein kollektives Ereignis, kannst dir auf deine Haben-Seite viele, sehr viele Herzschläge des Mitgefühls buchen. Es gibt Menschen von unzweifelhafter Bedeutung, Eliacim, bekannte, respektable Leute, die mit mehr oder weniger Recht leitende und verantwortungsvolle Posten bekleiden und ein besonderes Interesse an unerwarteten Ereignissen haben wie Vergiftungen, Schiffsuntergänge, Raubüberfälle an hellichtem Tage, die subtile und fast chemische Angelegenheit der Spionagefälle.

66. *Kapitel* 66
Die Schiffszimmerleute

Die Schiffszimmerleute singen während der Arbeit die schönen Seemannslieder, die den Sommerfrischlern so gefallen. Es sind Lieder in monotonem Rhythmus, in beinah salzigem Rhythmus.
Die Schiffszimmerleute, mein geliebter Eliacim, gleichen fleißigen und fröhlichen Sargfabrikanten, disziplinierten und jubelnden Künstlern von soliden Gehäusen für die Toten.
Wenn ich sie so eifrig arbeiten sehe, mein Sohn, auch wenn ihr Eifer eher ein verhaltener ist, kommen mir die nichtigsten, kindischsten Gedanken. Ich wage sie dir kaum zu erzählen, aus Angst, du könntest mich rügen. Aber, Eliacim, es wären glückliche Augenblicke für deine

Mutter, wenn sie am Arm eines Schiffszimmermannes am Meeresstrand spazieren gehen könnte und zusehen, wie die Möven sich davon machen, einen Fisch mit glänzenden Schuppen im roten Schnabel. Sie fliegen in Richtung der schwarzen Felsen, der grünen und kalten Küstenriffe, der feuchten Klippen, die furchterregende Schatten auf die aschgrauen Wolken malen.
Es kann sein, daß es ein Lied gibt: «Die Braut des Schiffszimmermanns». Ich weiß es nicht, aber es kann ja möglich sein.

67. *Kapitel* 67
Die Kakteen

Die Kaktusblüten sind nicht benetzt worden von den Wassern der Sintflut. In anderen Worten: die Kaktusblüten bewahren mit der gleichen Andacht, mit der eine Reliquie behütet wird, den dichten Staub des Alten Testaments. Mich erschreckt der Gedanke, daß Gott mich für meine zahlreichen Sünden strafen könnte, indem er mich in ein fleischiges, stacheliges Kaktusblatt verwandelt, in ein immergrünes und einsames Kaktusblatt.
Wenn das einträfe, mein Sohn, so würde ich das wenige, was ich zu geben habe, darbieten, damit eine noch nie dagewesene Erdkatastrophe mich – und sei es nur zerstückelt – auf den Grund des Meeres versetze.
Wenn nicht, dann eben nicht. Das Böse, dessen Schändlichkeit man sich bewußt ist, taugt mehr als das Böse, das uns vertraut geworden ist.
Die Kaktusblüten, Eliacim, leben versunken in einen Limbus, der keine Tränen kennt.

68. *Kapitel* 68

Kleine Glasperlen

Ich habe ein Kleid, das bestickt ist mit blauen Glasperlen, und eins mit grünen Perlen. Je nach den Gedanken, mit denen ich morgens aufwache, wähle ich mir mein Kleid aus. Das ist kein schlechtes System.

Dir, Eliacim, merkte man gleich an, daß du eine große Vorliebe für Glasperlchen in deinem Herzen hegtest, eine große Vorliebe in Blüte, eine große Vorliebe, die nie Frucht ansetzte, vielleicht aus Mangel an Zeit. Ich bilde mir ein, daß die früheren, die wirklichen Weisen aus alter Zeit, auch von den Glasperlchen angezogen wurden, von jenen kleinen Kugeln in liebenswerten Farben, von jenen Perlen, mit denen ich meine Kleider verziere. Die Kleider, die ich je nach den Gedanken, mit denen ich morgens aufstehe, auswähle.

Wenn ich morgens aufstehe und an dich, Eliacim, denke, so ziehe ich das Kleid an mit der Stickerei aus blauen Perlen. Und wenn ich aufwache und an dich, meinen Sohn, denke, dann wähle ich das Kleid mit den grünen Perlen.

69. *Kapitel* 69

Die ältesten Söhne

Dein armer Vater, den Gott selig haben möge, war der älteste Sohn zu Hause gewesen, Eliacim. Das merkte man ihm immer an, er konnte es nicht verbergen, auch wenn er es versuchte.

Die ältesten Söhne, Eliacim, oft zu ihrem eigenen Ärger, haben auf der Stirn einen dunklen Fleck, der ihnen das

Gemüt und den Willen verdüstert. Der älteste Sohn sein ist eins der gefährlichsten Ämter, das einem Manne zufallen kann.
Die Greise mancher Gegenden steigen am Tage des Frühlingsanfanges mit verbundenen Augen auf einen Berg und wählen aufs Geratewohl einen beliebigen ältesten Sohn aus, der vom höchsten Felsen hinabgestürzt wird unter dem Gelächter seiner Kameraden. Währenddessen weinen ferne Mädchen und beten für seine Seele und vom Kirchturm läutet die Sterbeglocke.
Die Sitten, Eliacim, die in einigen Ländern ferner Kulturkreise herrschen, sind oft sehr merkwürdig.

70. *Kapitel* 70
Sommer in der Stadt

Der Sommer, mein Sohn, ist die Jahreszeit der Stadt, der Triumph der Stadt. Mir hätte es Spaß gemacht, mit dir den Sommer in einer Stadt zu verbringen, die nicht unsere Heimatstadt ist, in einem Hotel, in dem es kaum noch freie Zimmer gibt. Ein Hotel voll von schüchternen, mit sich beschäftigten Hochzeitspärchen. Ich sehe jetzt wohl ein, das dies viel verlangt wäre. Aber, was willst du, ich sehe auch nicht ein, warum ich auf alles verzichten soll. Der Sommer ist, trotz allem, was die Menschen denken, die Jahreszeit der Stadt, die Gelegenheit, auf die eine Stadt wartet. Mit wieviel bitterer Resignation allerdings manchmal wartet sie darauf, sich entkleiden zu können, um ihre Reize und ihre Narben zu zeigen.
Erinnerst du dich, mein Eliacim, wie schön es war, als

wir jenen Sommer die Stadt nicht verließen und den Abschied vom Junggesellenleben des Mr. Mennant mitfeierten, dieses so sehr netten Herrn aus Singapore? Besinnst du dich auf die Unterrichtsstunden im Stierkampf, die uns M. Jacques Tourneville aus Carcassonne gab? Erinnerst du dich auch, wie der Sopransängerin Fiorella dei Campi der Gin so schlecht bekam? Weißt du, die Dame, die eine ganze Siffonflasche über Sir Edwards Harriman ausgoß?
Ja, mein Sohn, der Sommer ist der Spiegel der Stadt, die Verklärung der Stadt. Und da den Menschen die Größe fehlt, um das festzustellen, entfliehen sie im Sommer der Stadt.

71. *Kapitel* 71
Das Bergwerk

Der Bergmann, Eliacim, verbirgt seine Gedanken in den tiefen Schächten, aus denen er täglich aufsteigt, um seinen Ekel über das Licht des Nachmittags auszuweinen. Du bist sehr jung dahingegangen, Eliacim, und konntest dir daher kein vollständiges Bild von den allzu elementaren Dingen machen, jenen Dingen, die ihre Lösung erst im reifen Alter finden.
Wenn zum Beispiel eine Frau in den besten Jahren mich fragen würde: «Interessiert sich Ihr Sohn Eliacim für den Bergbau?» So würde ich ihr antworten und ihr herausfordernd ins Gesicht blicken: «Das weiß ich nicht. Mein Sohn und ich, meine Dame, unterhalten uns nicht über solche Dinge, wissen Sie.»
Die Luft im Bergwerk, Eliacim, riecht nach alter Apo-

theke, nach einem Kräuterladen oder auch nach Händen, die viele Jahre in einer Truhe aufbewahrt wurden. Du bist so jung dahingegangen, Eliacim, daß es dir nicht gelungen ist, die Kunst der Gerüche zu beherrschen, diese kleine Kunst, deren Schriftzeichen die Enttäuschung ist. Ach, wenn mich einmal aber eine Schwalbe fragen würde: «Interessiert sich Ihr Sohn Eliacim für den Bergbau?», so würde ich antworten und ihr dabei dankbar in die Augen blicken: «Ja, natürlich. Mein Sohn Eliacim hat es mir einmal gestanden, als wir über eine halbe Stunde lang Hand in Hand in einem Vorstadtkaffee sassen.» Das Mineral eines Bergwerkes, Eliacim, kann aus drei Arten bestehen: Diamant, Gold oder Kohle. Es ist nicht wahr, daß es auch Zinnbergwerke gibt!

72. *Kapitel* 72
Brunnenwasser

Du kamst mit resolutem Schritt ins Zimmer, Eliacim, und sagtest: «Mit dem Brunnenwasser kann man wahre Wunder erreichen.» – «Ach ja?» antwortete dir jenes etwas schwindsüchtige Mädchen, mit dem du flirtetest [ich meine Miß Stadford, die Schwester des Kapitäns Stadford]. «Ja, echte und unerwartete Wunder!» – «Welche denn?» – «Das werde ich gleich sagen: rituelle Waschungen, Gurgeln ...» – «Ach, ich dachte, Eliacim, Sie meinten die Wasserspiele der Brunnen.» – «Ja, die auch. Die Wasserspiele habe ich auch erwähnen wollen. Aber Sie ließen mir keine Zeit dazu.» – «Entschuldigung!» – «Es sei Ihnen verziehen!» – «Darf ich etwas fragen, Eliacim?»

Du, mein Sohn, lächeltest sehr süß, als du nein sagtest. [Es wäre peinlich, allzu genau in der Geschichte dieses Flirts fortzufahren.]

73. *Kapitel* 73
Das Vieh im Stall

Das Vieh im Stall steht aufgereiht da wie die Kinder vor dem Lehrer oder die Soldaten im Kasernenhof. Die Kühe sind für den Kuhhirten alle gleich, ebenso wie die Kinder für den Lehrer oder die Soldaten für den Hauptmann. Aber das ist eine Lüge, mein Sohn, eine große Lüge, eine verwerfliche, grausame Lüge. Doch was ändert das?
Das Vieh im Stall zeigt so viel Sanftmut, daß der einigermaßen intelligente Beobachter von Angst gepackt wird, wenn er die Tiere sieht. Das gleiche geschieht bei den Kindern in der Schule, den Soldaten auf dem Kasernenhof. Die Sanftmütigen, mein Sohn, die Schicksalsergebenen, die Stillen, bewahren in ihren Herzen unangetastete Säckchen voller Haß, aufgespeicherte Reserven des Hasses, mit dem sie uns einmal zu blenden hoffen.
Das Vieh im Stall, Eliacim, steht in Reih und Glied wie die Menschen, die ihrer Erschießung harren.

74. *Kapitel* 74
Die uralten Gebräuche Tibets

Du mein geliebter Sohn, lasest mit größter Aufmerksamkeit ein Buch über die uralten Gebräuche in Tibet, ein reich mit Fotos illustriertes Buch.

Ich bilde mir ein, mich zu erinnern, wie du besonders interessiert die Mauern von Lhasa betrachtetest.
Junge Leute wie du verlieren die Vorliebe für die bildenden Reisebeschreibungen, für die Tagebücher der Entdecker. Sie ziehen es vor, die persönlichen Albernheiten der Dichter zu wiederholen.
Die uralten tibetanischen Gebräuche, Eliacim, pflegen die Dichter nicht in ihren Gedichten zu behandeln.
Aber ich kann dir versichern, mein Sohn, daß zu den uralten Gebräuchen der Tibetaner auch die Liebe gehört in all ihren verschiedenen Erscheinungsformen. Ich bin nie in Tibet gewesen, Eliacim, nicht einmal in der Nähe. Aber du kannst mir glauben, was ich sage. Ein Spanier namens Sebastian Rico hat es mir erzählt. Er war irgendwie mit dem Dalai Lama verwandt. Sebastian Rico hatte sehr schöne, schwarze Augen, unfähig zu lügen. Ich, mein Sohn, bin eine Zeitlang in ihn verliebt gewesen. Allerdings wurde diese Liebe nicht erwidert, wenigstens nicht in allem.

75. *Kapitel* 75
Die vegetarische Kost

In den verschiedensten Kreisen hat die vegetarische Kost viele Anhänger gefunden. Ich, mein Sohn, ich meine, daß die vegetarische Kost als Vorgericht recht gut ist, aber nur als Vorspeise. Wir brauchten fünf Mägen, Eliacim, wie die Wiederkäuer, einen Vormagen, einen Netzmagen, einen Blättermagen, einen Labmagen und einen fünften, namenlosen Magen. Erst dann könnten wir sagen, ob die vegetarische Kost gut im allgemeinen ist, gut

für den Gaumen, gut für die Nerven, gut für die Muskeln und gut für die Seele. Die vegetarische Küche, mein Sohn, steht auf wackligen Grundmauern. Der Mensch muß sich vergiften, um sich Mensch zu fühlen. Der Mensch ist ein vergiftetes Tier, vielleicht das einzige vergiftete Tier.
Die vegetarische Kost, mein Sohn, ist die Thronentsagung. Sie bringt es fertig, der Furcht vor jeglicher Art von Rache den Lebensnerv abzuschneiden. Die Furcht vor der Rache ist ein gemütsbewegender Herzschlag, ein regelmäßiges Pulsen.
In Kreisen, die sonst völlig verschiedener Meinung sind, hat die vegetarische Kost viele Anhänger. Aber es ist egal.

76. *Kapitel* 76
Eine Fluß-Sammlung

Dein Onkel Albert besaß eine große Sammlung von Flüssen. Sonntagmorgens beschäftigte er sich mit seiner großartigen Fluß-Sammlung. Er verbrachte Stunden damit, übers Telefon die Flüsse, die er doppelt hatte, auszutauschen. Der Nil, die Donau, der Amazonas, die Wolga, der Mississippi waren die am häufigsten vorkommenden Flüsse, waren die Flüsse, die von den jungen, sammelwütigen Anfängern zuerst entdeckt wurden. Dagegen die Schelde, die Saar, der Po, der Tordera, der Zambesi waren schon schwierigere Flüsse, Flüsse, die in der Sammlung deines Onkels Albert vertreten waren. Aber auch in der des Präsidenten Roosevelt, des Königs Faruk und einiger weniger Menschen mehr. Dein Onkel

Albert starb, ohne daß ihm sein sehnlichster Wunsch in Erfüllung gegangen wäre, nämlich die Gründung einer Föderation International der Fluß-Sammler [F.I.F.] mit dem Sitz in London. Aber dein Onkel Albert war immer ein Träumer.
Zu seinem Begräbnis hatten fast alle Fluß-Sammler sämtlicher Länder Vertreter geschickt. Sie vermieden alle Meinungsverschiedenheiten, die ja niemals fehlen. Als der Sarg geschlossen wurde, war jedermann sehr bewegt. Alle Flüsse der Welt weinten.
[Unsere Familie, mein Sohn, dezimiert sich durch Verhängnisse. Dein Onkel Albert vermachte mir in seinem Testament die Fluß-Sammlung. Ich weiß nicht, was ich damit machen soll, und ich würde dich so gern um Rat fragen. Das Vernünftigste wäre wohl, wenn ich den Flüssen ihre Freiheit wiedergäbe. Ich weiß nicht recht! Die Flüsse der Welt würden in ihren Betten dahinfließen und rufen: «Mrs. Caldwell ist unser Abraham Lincoln, Mrs. Caldwell ist unser Abraham Lincoln!»]

77. *Kapitel* 77
Ich verabscheue von ganzem Herzen ...

Es gibt vieles, mein geliebter Sohn, was ich von ganzem Herzen verabscheue, viele Dinge, die mir von ganzem Herzen widerlich sind, so viele, daß es sehr schwierig wäre, sie dir alle aufzuzählen. Es ist ein wahrer Segen, daß man lebt und gesund ist, um einige Stunden am Tag etwas von ganzem Herzen verabscheuen zu können. Das einzige, was ich bedauere ist, daß du mir dabei nicht Gesellschaft leisten kannst.

Von ganzem Herzen zu verabscheuen, Eliacim, aufmerksam, ausführlich, ohne eine Spur von Zerstreutheit oder Überdruß, das ist etwas, das sich nicht jedem bietet, etwas, das ein geduldiges und sogar aufopferungsvolles Training verlangt.
Deine Mutter, mein lieber Sohn, verabscheut von ganzem Herzen fast alles, was sie umgibt: die Luft, die sie einatmet; das Dienstmädchen, das das Geschirr abwäscht; die Katze, die sich streicheln läßt; das Wasser, das sie trinkt; das Brot, das sie ißt; die gemütliche Teekanne, das Radioprogramm, die Zigarette, die ohne Tadel glüht; das Hin und Her einer Reise; die gewohnten Möbel. Bequemer für uns zwei, Eliacim, wäre, die Dinge aufzuzählen, die ich verabscheue, aber nicht von ganzem Herzen. Damit würden wir eher fertig und ich hätte mehr Zeit, weiter von ganzem Herzen zu verabscheuen.
Das einzige, was mich betrübt, ist, wie ich es dir schon vorher sagte, daß du mir nicht Gesellschaft leisten kannst. Aber das ist nicht zu ändern.

78. *Kapitel*
 Das Erbe unserer Väter

78

Was man das Erbe unserer Väter nennt, mein Sohn, was die Menschen das Erbe unserer Ahnen nennen, Eliacim, erweist sich als Entelechie ohne viel Sinn. Aber niemand will das zugeben. Ich kann mir dies Faktum erklären, wenn auch nicht es entschuldigen. Denn es ist viel bequemer, auf dem einmal eingeschlagenen Pfade weiterzuwandeln.

Das Erbe unserer Vorfahren, mein Sohn, ist eine Phrase, die man mit kalten Lippen und der Hand auf der Brust dahersagt. Die wenig verpflichtenden Phrasen wie Religion, Familie oder das Erbe unserer Vorväter oder die Einigung Europas muß man immer mit kalten Lippen und der Hand auf dem Zwerchfell aussprechen. Es lohnt sich nicht, sich zu verausgaben.

Als ich ein Kind war, Eliacim, und der Großpapa, mein Großpapa, vom Erbe unserer Väter redete, verdarb ich mir stets den Magen. An manchen Tagen, wenn er sich zwei-dreimal wiederholte, mußte man sogar den Arzt rufen. Der Doktor allerdings nahm mich nicht sehr ernst. Er sprach lieber mit dem Großpapa über das Erbe unserer Ahnen.

Eines der ersten Male, wo ich deinen armen Vater, den Gott selig haben möge, betrog, hatte ich starke und schwer erklärbare Gewissensbisse. Mein Gott, warum? Weil mein Liebhaber mir so rücksichtslos vom Erbe unserer Väter vorredete, vom unauslöschlichen Vermächtnis unserer Ahnen. Dieser Liebhaber war ein stutzerhafter Reiter aus Calabrien und hieß Carlo Dominici. Jetzt, wo ich alt bin oder beinah alt, mein geliebter Eliacim, fällt es mir manchmal ein, wenn auch zum Glück nur sehr selten, an das Erbe unserer Väter zu denken. Es tröstet mich jedoch die Idee, die mich sogar in mancher Weise für vielerlei entschädigt, daß ich niemandem und nichts Anlaß gebe, wirklich niemandem, von mir anzunehmen, ich hätte das von dem Erbe der Vorfahren gesagt. Das, was man mit zerstreuten Sinnen, mit kalten Lippen und mit der Hand in einer würdevollen Haltung intonieren muß.

79. *Kapitel*
Familienpensionen 79

Lärmend, eiskalt, verrucht, ordinär und voll Gerüche sind die Familienpensionen, mein Sohn. Sie sind wie eine weiße, verknüllte Flagge, der man sich bedingungslos ergibt, der man sich ausliefert, einen Edelmut vermutend, der nicht existiert, einen Edelmut, den man selbst nicht gehabt hat.
In den Familienpensionen, mein Sohn, entstehen die zähesten, dauerhaftesten Freundschaften zwischen Mägen, die auf den ersten Blick so verschiedenartig erscheinen. Das alte Gesetz erfüllt sich, unerbittlich, zum Ergötzen der Besucher, der treuen Beobachter des Elends.
Wenn ich Mut hätte, Eliacim, würde ich mit fester Hand eine Familienpension leiten, die voll von bleichen, schlecht genährten, halb sterbenden Pensionären ist. Ich würde versuchen, sie schlecht zu behandeln. Aber mir fehlt der Mut dazu. Ich bin nicht mehr jung und kann mich nur noch um wenige Posten bewerben.

80. *Kapitel*
Benjamin Disraeli 80

Wie weit liegen die Zeiten eines Benjamin Disraeli und seiner prächtigen Gehröcke zurück, Eliacim!
Wenn ich auf der Straße gehe und Seeleuten in Uniform begegne, den Männern, die dein Leichentuch anhaben, so packt mich das Gefühl, ein seltenes, unverdientes Wunder zu erleben.
Als Benjamin Disraeli ein junger Mann war und weder

du noch ich geboren, war die Welt auch nicht unglücklicher als heutzutage. Ich wünschte mir die Macht eines Benjamin Disraeli, um von der Krone eine Reihe unbestimmter Verbote zu erwirken, die mir vielleicht geholfen hätten, weniger unglücklich ohne dich zu sein. Sicherlich sind die Maximen eines Benjamin Disraeli in einem schönen Buch herausgegeben worden.

81. *Kapitel* 81
Der Ziehharmonika-Spieler

Ich kannte einen aussätzigen Ziehharmonikaspieler, der die Würmer aus seinen Wunden in einer Bergkristalldose aufhob. Er kleidete sich in Grün und Rot und trug ein paar goldene Ohrringe, an denen unten Schellen hingen. Er war in der heißesten aller portugiesischen Kolonien geboren worden und, wie man sagt, das Kind der einzig bekannten fruchtbaren Verbindung der Sünde mit dem Tier. [Es scheint, als ob seine Mutter, die Tochter eines Opium- und Edelsteinhändlers, von einem Haifisch geschwängert wurde, der die Seeleute, die jenes ferne Meer befuhren, in Schrecken hielt.]
Wenn ich an den aussätzigen Ziehharmonikaspieler denke, Eliacim, so sehe ich ihn immer mit deinen Gesichtszügen vor mir, mit deinem Lächeln, das auf seinen bläulichen Lippen spielt.
Dieses Bild verfolgt mich, wenn der Tag zu lichterfüllt beginnt, wenn sich die Stadt wie eine Fremde mir zeigt, als ob sie sich plötzlich verjüngt hätte durch all die Jünglinge, die sie vertauschte mit den flaschengrünen Abgründen.

82. *Kapitel*

Miriam, die Leierspielerin

82

Leier zu spielen, Eliacim, ist eine Kunst für zarte Seelen. Mir hätte es sehr zugesagt, wenn du dich, so es dir möglich gewesen wäre, mit Miriam der Leierspielerin verheiratet hättest.

Ich weiß, sie ist eher häßlich, ich weiß, daß sie ein Glasauge hat, wenn auch ein sehr gutes, ich weiß, daß sie kränklich ist; ich weiß, daß sie gegen siebzig Jahre alt ist. Aber das kann dir ja alles gleich sein, jetzt, wo du tot bist!

Die Leier zu spielen, Eliacim, paßt zu auserlesenen Geistern, zu Wesen, die sich einen bunten Schmetterling zwischen die Augenbrauen tätowieren lassen. Mir hätte es keineswegs mißfallen, eine Schwiegertochter zu haben, die an den langen Winterabenden Leier spielt, auf Kissen von scharlachrotem Samt sitzend.

Die Menschheit verliert die Freude an dem edlen Zeitvertreib des Leierspiels und der Gedanke verursacht mir großen Kummer.

Nicht wahr, Eliacim, wenn es dir möglich wäre, würdest du deine Mutter erfreuen und würdest viele Kinder mit Miriam der Leierspielerin haben.

Ich werde es ihr erzählen!

83. *Kapitel* 83
Institutionen, die die Beziehungen zwischen Mann und Frau regeln

Trotz allem, was ich dir im vorigen Kapitel gesagt habe, Eliacim, ist die Ehe an sich nichts Gutes. Im Fall einer Ehe zwischen dir und Miriam der Leierspielerin wäre es anders.
Die Ehe ist schmutzig und unrein. Der Idealzustand zwischen Mann und Frau ist die Verlobung. Die Ehe tötet die Liebe oder zum mindesten verwundet sie gefährlich.
Die Schuld daran tragen die Gesetzgeber, wie immer, die die natürliche Befruchtung erlauben.

84. *Kapitel* 84
Tropische Früchte

Mein Sohn – ach, welch eitle Hoffnung! Ich möchte dir einen Schlafanzug schenken, der ganz mit tropischen Früchten bestickt ist, mit Bananen, Chirimoyas und Khakis.
Mit deinem Schlafanzug voll tropischer Früchte könntest du, Eliacim, beinah ein Paradiesvogel sein.
Ich bringe es nicht fertig zu verstehen, warum die Mütter, die das Glück haben, das mir versagt ist, du verstehst mich schon – warum diese Mütter ihre Söhne nicht in tropische Früchte kleiden, in süsse, widerliche tropische Früchte, damit sie gut schlafen.
Du, Eliacim, würdest du in meinem Fall nicht genauso handeln?

85. *Kapitel*
Der Superkompaß

85

Welch großer Unsinn! Es wird der Tag kommen, Eliacim, wo die Menschen einen Superkompaß erfinden werden, eine hysterische Nadel, die viel nördlicher als der Nordpol zeigen wird. Das ganze wird dann auf das Problem hinauslaufen, mein Sohn, daß wir es nicht verstehen, uns mit den seltenen und häufigen Nordpolen zurechtzufinden, die in unserer Reichweite sind. Trotz alledem ist es ein großer Glückszufall für mich, zu wissen, daß du niemals in ein Geschäft für Präzisionsgeräte eintreten und dir einen Superkompaß von deinen Ersparnissen kaufen wirst.
Das ist meine kleine Rache an den betrübten Müttern, die in ihrer Verblendung glücklich sind, wenn sie Großmütter werden.
Der Superkompaß, mein geliebter Eliacim, wird zu einer schweren Sünde werden, die wir kaum wissen, wie zu bereuen.
Und wenns nicht dazukommt, dann wirst du es schon merken!

86. *Kapitel*
Die Güterzüge

86

Mühsam, fast menschlich schnauben die Güterzüge mit ihrer Ware, ihren Ochsen fürs Schlachthaus, den Briketts, den landwirtschaftlichen Maschinen, ihren Kühlwagen voll Fischen durchs Land, fahren über die Brücken und säen Funken der Hoffnung in die Herzen der Kinder.

87. *Kapitel*
Die Wolken

87

Wenn ich dich, Eliacim, zwischen den Wolken hervortreten sähe mit Flügeln, die dir fest an die Schultern genäht sind wie bei den Engeln, vielleicht sogar mit einem Tugendstäbchen in der Hand wie eine Fee, ich würde wahrscheinlich verrückt werden vor Traurigkeit.

Die Wolken, mein Sohn, mit ihren weichen Gräben, ihren wechselnden Gründen, bewahren unleserliche Grundsätze, deren Beweisführung den Menschen nicht gut tut. Erinnerst du dich, Eliacim, an jenen Fassadenkletterer, der an einem Nebeltag eine Wolke nach der andern am Himmel erklomm und auf immer verschwand? Wie die Berghirten sagten, die ihn beobachtet hatten, habe er einen hohlen Kopf gehabt, und in dem Totenschädel wurden die winzigen Eier der Stürme ausgebrütet, die Eier, die, wenn sie aufplatzen, die ganze Welt in Schrecken versetzen.

Die Wolken, Eliacim, bilden sich aus den Seelen derer, die am Galgen enden, und aus den Seelen von Kindern, die vor der Zeit sündigen.

Deshalb geschehen in den sonnigen Ländern oft so unerklärliche Dinge, geheimnisvolle, spitzfindige, unerklärliche Dinge.

Wenn ich dich zwischen den Wolken hervortreten sähe, Eliacim, so würde ich sicherlich vor Traurigkeit verrückt werden. Ich liebe dich nicht als Engel, mein Sohn, ebensowenig als Bewohner einer weißen Wolke, einer grauen, einer schwarzen Wolke.

Ich liebe dich in viel einfacherer, viel unmöglicherer Weise!

88. *Kapitel*
Die Buntstifte

88

Mein Sohn, wenn alle Buntstifte der Welt in allen Farben des Regenbogens leuchteten, so würden dennoch Farben übrig sein.
Man ersann die einfachsten Farben, mein Sohn, die reinen Farben mit bekannten Namen, um damit die Buntstifte zum Leuchten zu bringen, die von den ganz kleinen Kindern benutzt werden. Es sind beinah eßbare Stifte, die sich beim Auf- und Abführen übers Papier in Entenflügel zu verwandeln vermögen oder in die verwundbaren Augen eines Hirsches.
In der Tiefe des Himmels, Eliacim, dort, wo alles mehr oder weniger einen unbestimmten, verblaßt blauen Ton annimmt, dort sieht man noch die Ruinen der ersten Buntstift-Fabrik; einer kleinen Fabrik, in der noch gearbeitet wird. Zwischen den Trümmern arbeiten ein paar alte, bärtige Männer, gekleidet wie die deutschen Künstler des Mittelalters.
[Ich schenkte dir, Eliacim, zum Geburtstag eine Schachtel voll Buntstifte. Aber, da es eine Buntstiftschachtel war, die nie gebraucht werden sollte, enthielt sie anstatt Buntstifte perlmutterne Meeresmuscheln, einen ausgestopften Kolibri und einige Veilchen. Ich weinte sehr, als ich dir die Schachtel auf dein Kopfkissen legte, Eliacim!

89. *Kapitel* 89
Die Chrysanthemen

Chrysanthemen soll man weder hassen noch lieben. Die Chrysanthemen umschließen mit ihren Blütenblättern die unzerstörbaren, dauerhaften Atome der Samurai-Herzen.
Die Mütter, die Blumen auf die Gräber ihrer toten Söhne legen, Eliacim, wählen stets Chrysanthemen, denn es ist die Blume der Gesellschaft, die stinkende Blume, die sich mit dem Schmerz wie ein Wurm zu verbrüdern weiß.
In den Gärten, in denen die Chrysanthemen geboren werden, um dann zu ihrer Zeit umgebracht zu werden, dort lebt ebenfalls, mein Sohn, die Schnecke, in die sich der Schmerz flüchtet; in das leere Häuschen, an dem der Schmerz seinen Mietzettel aushängt.
Wenn du wüßtest, Eliacim, wie schwierig es ist, den feinen Gesang der Chrysanthemen zu erlauschen, vor allem in Zeiten der Eifersucht! Man hat dicke Bücher über dieses Thema verfaßt, aber keins enthält annähernd richtige Schlußfolgerungen.

90. *Kapitel* 90
Irgendein Ausflug

I

Wenn du einen Ausflug machtest, mein Sohn, irgendeinen beliebigen Ausflug, so fühltest du dich wie ein Himalayaforscher oder wie eine feste Stütze der aufopferungsvollsten Wissenschaft. Ich, Eliacim, ich fing schon an zu zittern, wenn ich nur an deine Rückkehr dachte.

Denn die war meistens eine furchtbare Katastrophe. Von deinen Ausflügen, mein Sohn, auch wenn es nur ganz beliebige Ausflüge waren, ohne irgendwelche Bedeutung, kamst du immer völlig erschöpft heim und sehr schlecht gelaunt, mit verstörter Miene, Haar und Puls in Unordnung, in den Augen einen fiebrigen Glanz und mit zerrissenen Kleidern.
Aber ich habe dir niemals etwas dazu gesagt, Eliacim. Ich habe Niederlagen immer geachtet.

II

Oder anders: Wenn deine Ohren noch durchsichtiger erschienen als sonst, mein Sohn, und um deinen Kopf eine Aureole entstand, der Vorläufer eines Ausflugs, so mußte ich innerlich lachen, Eliacim, mit einem Lachen, das niemals ernsthaft wurde, denn ich wußte, was Ausflüge für die Jugend bedeuten.
Aber ich schwieg, ich schwieg immer, mochte kommen, was wollte.
Einige Mütter besitzen die Fähigkeit, sich völlig unwissend zu stellen über den Ausgang eines Ausfluges.

91. *Kapitel* 91
Voreheliche Aufklärung

Die voreheliche Aufklärung, Eliacim, hat noch nicht genug Beachtung gefunden. Und die voreheliche Erziehung, mein Sohn, vor allem die voreheliche Aufklärung der Frau, auch wenn sie an Pornographie grenzt, ist von einer Bedeutung, die unsere Gouvernanten nicht ahnten.

Wenn die jungverheirateten Frauen eine voreheliche Erziehung erhielten, mein Sohn, so vermöchten sie die Formen der Wolken zu unterscheiden und die seltsamen Gesetze der Börsenkurse von Staatspapieren zu verstehen. Sie wären fähig, die gebräuchlichsten Salti mortali zu vollführen, würden das Wetter vorhersagen können mit nicht weniger Fehlern, als es der Landmann tut. Diese Frauen wären in jeder Hinsicht die Ergänzung jenes unglücklichen Freundes, der völlig unbelastet von Ergänzungen war, die doch allen Ehemännern zuteil werden.
Bisher hat die voreheliche Aufklärung der Frau noch keine große Verbreitung gefunden, Eliacim. Aber wir müssen immer daran denken, daß dieser Sumpf trockengelegt wird, vielleicht sogar in nicht allzu ferner Zeit. Wenn das geschieht, mein Sohn, würden die Ehen glühen vor Lust, wie Strohschober, Flammen würden hochschlagen, tausend und abertausend siebenfarbige Feuergarben verstäubend.
Das wäre ein sehr bedeutender, ein sehr glücklicher Tag für die Menschheit, Eliacim!

92. *Kapitel* 92
Die dunkle Brille

Mit einer dunklen Brille als Sonnenschutz, Eliacim, mit jener Brille, mit der du so nett wie ein Franzose aussahst, erlebte ich einen großen Verdruß. Ich verlor sie im Autobus.
Ich trug diese deine dunkle Brille, Eliacim, immer bei mir, um sie zu liebkosen, mir mit ihr vorsichtig die

Wangen und die Augenlider zu streicheln, wenn niemand hinsah. Eines Tages, neulich, verlor ich sie auf unerklärliche Weise, auf eine Weise, die mir Kummer und Gram bereitete.

[Es ist ganz offensichtlich, Eliacim, ganz deutlich, daß alles sich bemüht, sich anstrengt, uns zu trennen, um die schwachen Riemen zu durchschneiden, die uns noch aneinanderbinden könnten. Ich wünschte, ich hätte das Auftreten, das niemand in unserer Familie besaß, um mich stärker in diesem Kampf zu fühlen, mein Sohn.]

Mit deiner dunklen Brille gegen die grelle Sonne, Eliacim, sahst du nicht schön aus, aber sehr originell.

Ich war sehr verdrossen an jenem Tage, als ich die Brille im Autobus verlor, und hätte viele Leute für meinen Verdruß verantwortlich machen können, was ich aber nicht tat.

93. *Kapitel* 93
Schwimmunterricht

Auch wenn ich seit meiner Kindheit jeden Tag eine Schwimmstunde gehabt hätte, so glaube ich nicht, mein Sohn, daß ich heute würde schwimmen können. Vielleicht ist es dennoch besser so für mich mit dieser Unkenntnis, mit dieser meiner Unfähigkeit, die mit etwas Mut mich viel rascher dahin bringen könnte, wo du bist und auf mich wartest.

Viel mehr Mühe macht es mir, Eliacim, mich an deinen guten Schwimmstil zu erinnern, an deine Schnelligkeit, an deine Ausdauer. Ein Schwimmer mitten im Meer, mein Sohn, ein ausgezeichneter Schwimmer, kann mit

ungewöhnlich tragischer Kraft die zähe Rolle eines Tantalus vollendet darstellen.
Auf einer Landkarte, Eliacim, sind ins Ägäische Meer glühende Nägel und gestrandete Planken eingezeichnet. Ach verzeih, daß ich zu etwas anderem übergehe!

94. *Kapitel* 94
Reitunterricht

Würde es dir gefallen, Eliacim, der lustige, draufgängerische Jockey eines Seepferdchens zu sein? Den Wind im Rücken das Derby der Seepferdchen zu rennen? Wer möchte nicht Seejungfrau sein, mein Sohn, Meeresbrise, Meeressand, ein Tropfen Salzwasser, ein Polypenweibchen, ein weiblicher Delphin, um alle verkäuflichen Seepferdchen zu erstehen und sie zu einem Wettlauf antreten zu lassen, dich und deine Kameraden als Reiter, damit du immer gewinnst, Eliacim!
Ich bin ganz besessen von dieser Idee, mein Sohn. Gleich morgen werde ich mich bei der Reitstunde sehr anstrengen, die ich bisher ohne jeglichen Enthusiasmus ertragen habe, wie man einen alten Fingerring nachsichtig weiterträgt. Und wenn es mir gelingt, das Lob meines Lehrers zu erringen, so verspreche ich dir, Eliacim, mich unsagbar anzustrengen, damit die Admiralität einen Pokal stifte, den ich unter allen Umständen dieses Jahr gewinnen will, um ihn dir zu schenken, angefüllt mit weißen und goldenen Blümchen.
Ja, mein Eliacim, sehr lehrreich und gesund sind die Reitstunden, die ich jeden Morgen nehme, um mich ein wenig wie eine verzauberte Prinzessin zu fühlen.

95. *Kapitel*
Fechtunterricht

95

Mir schmerzt die linke Brust, mein Sohn, da ich sie so voll Kreide geschmiert weiß. Mein Fechtlehrer, Eliacim, mit dem Florett in der Hand, ist wahrhaftig wie eine automatische Maschine, die dauernd die linke Brust seiner Schüler mit Kreide beschmiert, ohne sich um ihr Alter zu kümmern.

Seit man sogar in den Armenhäusern den Waisenkindern den Gebrauch der adligen Waffen beibringt, geht es in der Welt viel konfuser, viel ungeordneter zu, viel mehr nach Gutdünken und aufs Geratewohl. Wenn man aber nicht genau achtgibt, scheint das Gegenteil der Fall zu sein.

Die Fechtstunden, die ich nehme, Eliacim, bringen meine Seele in große Unordnung. Manchmal meine ich, mein Kopf säße in der linken Brust und höre plötzlich auf, vernünftig zu denken. Das sind sehr glückliche Augenblicke, aber sie dauern nicht lange an. Andere Male hingegen, meine ich, die linke Brust wäre auf meinem Kopf und mein Fechtlehrer stäche mir die Augen aus.

96. *Kapitel*
Die verwandelbaren Möbelstücke

96

Du weißt gut, Eliacim, daß die verwandelbaren Möbelstücke, diese Möbel, die zu allem zu gebrauchen sind, mehr praktisch als elegant, mehr nützlich als gut aussehend, eher wacklig als solide sind. Den verwandelbaren Tieren geht es ebenso: den Hühnern, Schäferhunden

und auch den verwandelbaren Menschen, nämlich den Deutschen und den Amerikanern.
Du, mein Sohn, der du in relativer Bequemlichkeit aufgewachsen bist, warst ein erklärter Feind der verwandelbaren Möbel, dieser Bettsofas, der Treppensessel, der Tisch-Klappstühle usw. Du sträubtest dich dagegen, daß Leute dem Tischler den Auftrag gaben, eine Waschtisch-Klagemauer zu machen oder einen Frisiertisch-Kamin der Hoffnungen zum Beispiel. Dinge, die gehetzt werden von blassen Gespenstern, die in leeren Taschen hausen.
Ich weiß jetzt, Eliacim, daß deine Haltung nur die war, die den Menschen von gutem Ton ziemt. Aber was hätte es dir gekostet, etwas mehr Mitleid zu zeigen?
Die verwandelbaren Möbelstücke, mein Sohn, wie die verwandelbaren Tiere und Menschen, wie die Minerale und Pflanzen, die sich verwandeln können, wie die verwandelbaren Liebenden und die verwandelbaren Vaterlandsgefühle, alle sind sie Goldkörnchen, die man, unter großer Mühe allerdings nur, in der versiegten Goldmine finden kann, die in besseren Zeiten die Menschen glücklich gemacht hat. Die Menschen, die es noch nicht nötig hatten, sich zu verwandeln. Aber heutzutage hat sich alles geändert, Eliacim.

97. *Kapitel* 97
Fesselballons

Wenn du mich darum bitten würdest, Eliacim, würde ich fähig sein, am Schleppseil emporklimmend, mich hinaufzuschwingen bis zum allerhöchsten Fesselballon,

dem Ballon, der nur noch wie ein Bleistiftpunkt zwischen den Wolken erkenntlich ist, mitten im Himmel.
Ich würde mir ein Paar Männerhosen anziehen, um mich mit größerer Behendigkeit bewegen zu können. Ich würde mir einen breiten Hut aufsetzen, damit der Wind etwas findet, in das er sich verfangen kann. Es muß lustig sein, mein Sohn, die Erde von einem Fesselballon aus zu betrachten, sie so weit fort zu sehen, daß sie selbst wie ein Fesselballon aussieht, etwas größer vielleicht, aber womöglich mehr gefesselt. Wer weiß?
Wenn du mich darum bitten würdest, mein Sohn, wäre ich fähig, mir die Hände zu zerreißen, damit du dir mich vorstellen kannst, noch größer und noch ungelenker als die größten und unbeholfensten Vögel.

98. *Kapitel* 98
Der Mutterinstinkt

Der Mutterinstinkt, mein geliebter Sohn, ist viel weniger hintergründig, als die Leute annehmen. Er ist etwas viel einfacheres, was man eher erahnen kann, als verstehen. Der Mutterinstinkt, Eliacim, schminkt sich häufig purpurrot oder rauchfarben, um nicht schamlos das Gesicht zeigen zu müssen. Den Mutterinstinkt, mein Sohn, meint man verbergen, mit Scheu verschleiern zu müssen. Die Spinne, mein Sohn, zeigt unter den Tieren ihren Mutterinstinkt am offensten. Sie verkleidet sich oft als Wiesenblume oder als Waldreh, um nicht bei jedem Schritt ihre seltsamen Gewohnheiten erklären zu müssen. Bei den Frauen, Eliacim, – und deine Mutter ist schon seit geraumen Jahren eine Frau, versteckt sich der

Mutterinstinkt unter dem undurchsichtigen Firnis der guten Erziehung. Vielleicht ist das schlecht, aber es ist so. Sag es niemandem weiter: ich konnte mich des Mutterinstinktes nicht erwehren, an jenem Tage, als du dich in deinen ersten langen Hosen zeigtest: graukarierten Hosen, in denen du großartig aussahst!
Bis dahin hatte ich immer angenommen, der Mutterinstinkt sei das unumstrittene Vorrecht der verheirateten Frauen niederer Klassen.

99. *Kapitel* *Luxushunde* 99

Ich möchte ein Luxushund sein, Eliacim. Ein verträumter Pudel, ein verwegener Foxterrier, ein sentimentaler Dachshund, ein grüblerischer Scottish-Terrier, ein abenteuernder Pointer, ein ungeselliger Pekinese, ein träges russisches Windspiel. Ich möchte einer dieser Hunde sein, um nicht immer daran denken zu müssen, mich feierlich umzukleiden, um wegen deiner Fahnenflucht die Kondolenzbesuche meiner besten und ältesten Freundinnen ertragen zu müssen!
Die Luxushunde, mein Sohn, leben fern jeglicher sozialen Konvention. Sie leben am Rande all dieser Bindungen, die Mütter von Helden aneinanderfesseln.
Wenn ich ein Luxushund wäre, Eliacim, ein verwöhnter Hund der Klubsessel, könnte ich dreist den giftigen Drogen verfallen, den wahnsinnigsten Elixieren, ohne Angst vor Gerede zu haben. Heute behindert mich das noch. Wir wollen sehen, wie lange!

100. *Kapitel*
Der Sport 100

Der Sport stärkt die Muskeln, kräftigt die Seele, stumpft die Intelligenz ab. Oder besser gesagt: der Sport ruiniert den gesunden Körper, verweichlicht den Geist, wetzt die Beobachtungsgabe ab.
Du wirst verstehen, Eliacim, daß ich meine Zeit nicht verlieren will, diese Zeit, von der ich in anderer Hinsicht zu viel besitze und mit der ich nichts anzufangen weiß, um das aufzuklären, von dem ich glaube, daß es ewig verworren bleiben wird.

101. *Kapitel*
Die gekochten Krebse 101

Wie Steine, Eliacim, hochrot und rätselhaft schlafen die gekochten Krebse in der Morgendämmerung ihres ewigen Schlafes auf der geblümten Schüssel in den Schaukasten der Restaurants.
An manchen Tagen wache ich mit einem vielleicht ungesunden Verlangen auf, zum Frühstück alle gekochten Krebse, die ich in der Stadt finden könnte, zu verzehren. Ich gehe auf die Straße hinaus, anfangs sehr unternehmungslustig. Bald aber werde ich schlapp. Und es endet immer damit, daß ich eine Tasse heißen Tees trinke. Woher mag das nur kommen?
Die frühen Morgenstunden, Eliacim, sind gut für die Einsamen. Für die Männer und Frauen, die wie ich diese Kaverne mit den rauhen Kanten entstehen und wachsen fühlen im gleichen Maße wie der Tag. Durch diese Ka-

verne entflieht uns das Glücklichsein, dieses Gefühl, das irgendwo verborgen schlummert. Es gibt aber Tage, an denen die Einsamen von der Empörung träumen, und dann wollen wir zum Frühstück gekochte Krebse haben. Jedoch stets geschieht es, daß wir nichts weiter als eine Tasse heißen Tees hinunterbringen.

102. *Kapitel* 102
Wein und Bier

«Ich werde niemals Wein oder Bier trinken», sagtest du zu mir. «Niemals werde ich mein Geld dafür ausgeben, um an meinem eigenen Ruin zu arbeiten!» Du tatest so, als sei dir das intime Säuseln des Weines unbekannt, trotzdem ich zum Glück gut weiß, mein Sohn, daß deine stolzen Worte nicht der Wirklichkeit entsprachen. Du gingst von meiner Seite und hinterließest am äußeren Rande des Sitzes, den du in unserem Hause innehattest, den kaum wahrnehmbaren Schatten der Stunden, die du der Trunkenheit gewidmet. Ich will niemanden bekehren. Hingegen, Eliacim, liebtest du beinah mit Schamlosigkeit die Vergnügen, die ein junger Mann von deinen Prinzipien, ein junger Marineoffizier besser geheim halten sollte. Ich will aber weiterhin niemanden bekehren. Ich glaube nicht, daß es ein Zeichen von Überlegenheit ist, die Frau grundsätzlich oder aus Eitelkeit zu verachten. Und so tun als ob, Eliacim, ist noch schlimmer. Bei sehr seltenen Gelegenheiten allerdings glaube ich, daß die Frau, die sich verachtet fühlt, es selbst ist, die dir diese Verachtung gestattet. Sie zu verachten oder sie zu lieben, wer weiß?

Du wurdest auf diesem Gebiet nicht recht geleitet, mein Sohn, trotzdem ich dir aus dem Gedächtnis ein halbes Dutzend Namen nennen könnte, die dich erzittern ließen. Und du flüchtest dich bei deinen banalen Diskussionen über Wein und Bier in die naiven Theorien, die ein einigermaßen gebildeter Mensch nicht ohne Lächeln anhören konnte.

Aber ich will dich nicht beschuldigen, Eliacim. Ich fühle mich für all deine Standpunkte verantwortlich, auch für die allerunbewußtesten. Alle Felle wegschwimmen zu sehen, ist das Schicksal mancher schon älterer Frauen. Wie schmerzlich ist das, mein Sohn!

103. *Kapitel* 103

Die vergnügten Jungfrauen von Down, die munteren Jungfrauen von Londonderry, die immer so freundlichen, koketten Jungfrauen von Tyrone, die lachenden Jungfrauen von Armagh, die gemütlichen Jungfrauen von Armanagh, die unter ihrem Ulster vor Wind und Fluten bewahren die von den Engländern so sehr geliebten Traditionen

Euch allen meinen Töchtern gehört meine Zuneigung. Wenn Eliacim noch lebte, würde ich ihn euch vorstellen, damit er euch zum Tanzen ausführe.

104. *Kapitel*
Die drei Töchter der Mrs. Sherwood

104

Erinnerst du dich, Eliacim, an die drei Töchter der Mistress Sherwood? Dünn, geschwätzig, und stets bereit sich zu verlieben, machten sie alle drei die Masern durch: Mary mit dreißig, Elisabeth mit zweiunddreißig und Kate mit vierunddreißig Jahren. Es war reizend zu beobachten, wie Mrs. Sherwood die elektrischen Birnen im Zimmer der Kinder mit roten Lampenschirmen verkleidete. Weißt du noch?

Dein Onkel Albert – aber daran erinnerst du dich nicht mehr – wollte dich absolut mit einer der Töchter von Mrs. Sherwood verheiraten. Alle waren sie mindestens zehn Jahre älter als du. «Mit welcher, Albert?» – «Mit irgendeiner. Dir kanns ja gleich sein. Alle drei sind sie gute Hausfrauen, alle drei sind sie rechtschaffen, alle drei gut erzogen...» – «Ja», sagte ich, «alle drei sind schon alte Jungfern, alle drei sind nur Haut und Knochen, alle drei sind sie häßlich und nicht gesund.» – «Nun gut und was weiter?» Dein Onkel Albert, Eliacim, so beschäftigt mit seinen Flüssen, war ein Mann, der nicht auf Vernunftsgründe hörte, ein Mann, der wie auf dem Mond lebte. Die drei Töchter der Mrs. Sherwood, Eliacim, gingen samstagnachmittags spazieren und immer vor der Mutter her. Mr. Sherwood lebte schon seit vielen Jahren in Transvaal. «Minengeschäfte?» fragten einige Damen Mrs. Sherwood. «Nein, bei Gott», antwortete Mrs. Sherwood, «das Fräulein Dolores Fragoso, eine wunderschöne Portugiesin! Wollen Sie ihr Foto sehen?» Und Mrs. Sherwood öffnete ihre Handtasche und zeigte ein Foto mit der Widmung des Fräulein Dolores Fragoso.

Das Fräulein Dolores Fragoso war genau das Gegenteil der Töchter von Mrs. Sherwood.
Mary, Elisabeth und Kate Sherwood waren sehr stolz darauf, daß ihr Vater wegen höchst wichtiger Minengeschäfte in Transvaal lebte.

105. *Kapitel* 105
Zylinderhüte

Es ist jammerschade, daß wir Frauen keine Zylinderhüte tragen können wie die Lords. Wenn nur eine Frau das Eis brechen wollte, Eliacim, ich würde es ihr sofort nachmachen. Der Zylinderhut ist ein Zeichen für große Eleganz, einer großen Eleganz, die langsam verloren geht. Dein armer Vater, den Gott selig haben möge, besaß zwei Zylinderhüte, mein Sohn, trotzdem er sie fast nie trug. Die Garderobe eines Mannes, Eliacim, ist nicht komplett, wenn der Zylinderhut fehlt, auch wenn dieser Mann in hohem Alter stirbt und wenig Gelegenheit gehabt hat, den Hut zu tragen. Der Zylinderhut, Eliacim, hebt die Statur eines Mannes, gibt ihm ein vornehmes Aussehen, verleiht ihm Gewicht, verhilft ihm zu einem majestätischen Gehabe. Wenn alle Männer Zylinderhüte trügen, Eliacim, gäbe es keine Kriege mehr. Du könntest an meiner Seite sein und die guten Ratschläge anhören, die du, ich bitte dich, wenigstens in Erwägung ziehen solltest.

106. *Kapitel* 106
Liebenswürdige Phrasen

Ich besäße gern ein ausgedehntes Repertoire von liebenswürdigen Phrasen, mein Sohn. Ich würde sie gut auswendig lernen. Wenn ich sie dann kann, möchte ich sie dir hersagen, eine nach der andern bis du es müde bist, liebenswürdige Phrasen anzuhören, bis du die liebenswürdigen Phrasen leid bist.
Es gibt Menschen, Eliacim, die nur aus solch liebenswürdigen Phrasen bestehen. Bei manchen Gelegenheiten sind liebenswürdige Phrasen angebracht, bei anderen Gelegenheiten erscheinen sie unzeitgemäß und nicht am Platze. Aber das macht diesen Leuten nichts. Sie sagen sie her, als müßten sie eine harte Pflicht erfüllen, lächeln dazu, und der Abglanz eines unendlichen Friedens liegt auf ihren Gesichtern.
Wenn ich zwei oder drei liebenswürdige Phrasen wüßte und es erreichen könnte, sie natürlich herzusagen, könntest du sicher sein, Eliacim, daß ich sie dir jeden Morgen vorerzählen würde. Wozu wäre ich nicht fähig für ein leises Lächeln von dir, Eliacim!

107. *Kapitel* 107
Robbenfänger

Mit ihren breiten Südwestern, ihrem Ölzeug, ihren grimmigen Tabakspfeifen zeichnen sich die Robbenfänger scharf gegen den Eisberg ab in einer Haltung unendlicher Grausamkeit, die Harpune in der Hand und den Fuß auf einer toten Robbe.

Mir, Eliacim, sind die Robbenfänger gar nicht sympathisch, diese harten Männer, die verbissen so sanfte Tiere verfolgen.
Unter allen Jägern, Eliacim, ist der Robbenfänger der hinterlistigste, der finsterste, der, dem die meisten Gefühle strandeten. Ich glaube, mein Sohn, es ist eine schwere Sünde, Robben zu jagen, eine Sünde, die die Brust mit öligem, klebrigem Ruß verfärbt.
Denn die Robben, mein Sohn, lassen sich töten wie die ersten Christen, ohne sich zu sträuben, ohne die geringste Regung des Widerstands.
[Es mag sein, daß es nicht ganz so ist wie ich es dir erzähle, Eliacim. Aber ich glaube, daß eine Mutter niemals die Robbenjäger entschuldigen darf.]

108. *Kapitel* 108
Unbewußte Ängste

Die schlimmsten Angstzustände, mein Sohn, sind die unbewußten Ängste, die Angst ohne Grund und ohne Berechtigung, die Angst ohne Füße und Kopf, die Angst, die von innen nach außen drängt, die im Blut geboren wird und nicht in der Luft. Die Angst vor dem Dunkel, die Angst vor Einsamkeit, die Angst vor der Zeit, die Ängste, derer man nicht Herr wird, weil ihre Substanz unsere eigenste, intimste Substanz ist.
Ich, mein Sohn, habe immer eine Vorliebe für Kinder gehabt, die vor Angst beinah sterben, für die Kinder, die schreckliche und verworrene Alpträume haben, für die Kinder, die ständig vor dem Gedanken erschrecken, sie könnten sich in eine Salzsäule verwandeln, die von der

Idee besessen sind, zu einem vergessenen, harten und einsamen Quarzfaden im Gestein der Gebirge zu werden. Wenn ich sehr viel Geld hätte, Eliacim, wenn ich viele tausend Pfund besäße, würde ich alles oder doch wenigstens beinah alles dafür ausgeben, Dämonen und Totenmasken zu engagieren, um die Kinder der Stadt zu erschrecken, jene Kinder, die nur die aufgeputzte, die zurechtgestutzte Angst der Familien-Tara kennen. Du, mein Sohn, als du ein kleiner Junge warst, lebtest in ständigen Schrecknissen. Deine Augen waren voll von furchtbaren, dauerhaften unbewußten Ängsten.

109. *Kapitel* 109
Charitative Tombolen, wo stets die Illusion blüht

Es könnte sein, daß du etwas gewännest, Eliacim, ein Stück Seife, eine elektrische Nähmaschine vielleicht. Aber meistens bekommt man gar nichts. Die Tombolen sind dazu da, daß die Illusion blüht, nicht aber, daß sie Früchte trägt.

Ich trete also an so einen Tombolatisch heran, dort, wo stets die Illusion blüht, und lasse ein Geldstück in der Kasse, mein Sohn. Dafür, Eliacim, gibt man mir ein fein zusammengefaltetes Papierchen, ein sehr sorgsam gefaltetes Stückchen Papier, auf dem es heißen könnte: Gilt für eine elektrische Nähmaschine! Aber meistens steht darauf: Mit deiner Gabe hilfst du, daß die Illusion in den Häusern der Armen blüht.

In der Stadt, Eliacim, ist eine große Liebe zum Spiel wach geworden wie vorübergehend die charitative

Tombola, wo immer die Illusion blüht. Unsere Mitbürger und Mitbürgerinnen nähern sich heimlich der Tombola, kaufen ihr Zettelchen und setzen eine konventionell lächelnde Miene auf, um zu verlieren. Manchmal aber vergessen die Spieler ihre konventionelle Miene, runzeln leicht die Stirn oder gestatten sich, die Hände zittern zu lassen.

Die Leute, Eliacim, spielen Tombola, jene charitative Tombola, wo immer die Illusion blüht, mit blindem Vertrauen auf ihr Glück, mit unbegrenztem Vertrauen darauf, daß zum Beispiel die elektrische Nähmaschine doch für sie bestimmt sei. «Ich habe immer Glück gehabt», hört man sie sagen, «ich bin ein Schoßkind des Glücks.» So pflegen sich die Asthmatiker, die Mißgestalteten, die Lahmen, die mit Schwären bedeckten, die Zwerge auszudrücken. Aber nachher, wenn sie sich damit abplagen, die Papierchen auseinanderzufalten, die meistens wie verklebt sind, lächeln sie nervös, weil es auf dem Zettel nicht heißt: «Gutschein für eine elektrische Nähmaschine», sondern beinah zärtlich: «Mit deiner Gabe hilfst du mit, daß die Illusion weiter in den Häusern der Armen blüht!»

Mir, Eliacim, erscheint es nicht schlimm, wenn die Illusion in den Häusern der Armen blüht. Aber es dünkt mich auch nicht gut. In jedem Fall, das von der Illusion die blüht usw. usw. zerstört die Werte.

Trotzdem lasse ich immer einige Geldstücke in der Kasse einer Tombola. Es könnte ja doch sein, daß die elektrische Nähmaschine für mich bestimmt sei!

110. *Kapitel* 110
Das Familienleben

Für mich, Eliacim, ist es vorbei mit dem Familienleben. Für dich auch! Es scheint so, als seien wir von der Vorsehung nicht für das Familienleben bestimmt, nicht dafür, nach dem Essen sitzenzubleiben und stundenlang über das Problem des Petroleums zu sprechen. Oder Pfänderspiele zu machen, oder zusammen ein Gläschen Likör zu trinken, oder an eine weitläufig verwandte ältere Tante zu schreiben, die Geburtstag hat und es sehr übel nimmt, wenn man ihr nicht mit ein paar Zeilen Glück wünscht.
Glaube mir, mein Sohn, ich vermisse das Familienleben nicht. Es mag sein, daß man nicht allein sein sollte. Aber in der Familie aufgehen, ist auch nicht gut. Das Familienleben, Eliacim, zersetzt die Familie. Es ist wie eine Droge, die die Familien verdummen läßt.
Wenn ich fürchten müßte, dich zu schockieren, mein Sohn, würde ich nicht mit dir über das heikle Thema des Familienlebens sprechen.

111. *Kapitel* 111
Die bronzenen Briefbeschwerer

Die Briefbeschwerer aus Bronze, mythologische, literarische oder historische Gestalten darstellend, finden Eingang in einige Häuser, Eliacim, und niemals wieder den Ausgang. Es wäre interessant festzustellen, ob nicht irgendein Denker von der Ära der bronzenen Briefbeschwerer gesprochen hat, von dieser wortkargen, feier-

lichen, steifen Zeit, mein Sohn, in der häuslicher und auch öffentlicher Stolz sich, wie auch heute noch, beschränkten auf die Größe, auf den Glanz, auf das Gewicht eines bronzenen Briefbeschwerers. In unserm Haus, Eliacim, fehlt es, seitdem du fehlst, an allem, selbst am Überflüssigsten, wie es ein Briefbeschwerer aus Bronze ist. Unser Haus, Eliacim, ähnelt in seinem augenblicklichen Zustand ein wenig den bescheidenen Verhältnissen jenes jungen Dichters, der durch das Leben auf zerrissenen Schuhen ging, weil er nur genug für seine Laster verdiente und nicht mehr.
Selten kommt es vor, daß ich einen kurzen Lichtblick des Optimismus habe, einen Antrieb der Illusion, die bei mir nicht länger anhalten, als bis ein Ertrinkender gestorben sein mag. In solchen Augenblicken, Eliacim, denke ich, es könne doch einmal wahr werden, daß die dunklen Wolkenwände am Horizont zerreißen, um die leuchtende Erscheinung eines Briefbeschwerers aus Bronze hervortreten zu lassen: einen Ganymed oder die so heldenhafte Entführung der sanften Europa.

112. *Kapitel* 112
Die Uhr, die über die Stadt herrscht

Die Uhr, die über die Stadt herrscht, mein Sohn, ist stehen geblieben. Vielleicht war sie zu alt. Die Stadt aber hat ihren Tagesablauf fortgesetzt in unmerklicher, fast gesunder Unbeherrschtheit. Die Uhr, die von ihrem hohen Turm aus die Stadt beherrschte, mein Sohn, hat sich geweigert, über sieben Uhr dreißig hinauszugehen, jene Stunde, die Verliebte abwarten, um sich das Gesicht

mit einer Maske zu bedecken und eine Hand aus kaltem Wachs zum Herzen zu führen.
Die Uhr, die über die Stadt herrscht von ihrem hohen Turm aus, der das Häusermeer überragt; diese Uhr, Eliacim, ist unendlich rücksichtsvoll gestorben, wie die Vögel sterben, die Segelschiffe, die heimlichen Bräute, die einsamen Wölfe, wie die einsiedlerischen Gesinnungsgenossen von Onan, wie das Spiegelglas.
Die vorurteilslosen Spatzen, die glücklichen Hexen der Stadt weigern sich, über die einbalsamierte Leiche unserer Uhr hinwegzufliegen, Eliacim, dieser Uhr, die nicht mehr die Stadt beherrscht. Vielleicht hat das eine schlimme Vorbedeutung, mein Sohn, eine Vorbedeutung, die noch trauriger ist als die Wirklichkeit, als das stille Sterben unserer Uhr.

113. *Kapitel* 113
Die Tauben

Weiße, aschfarbene, kaffeebraune Tauben fliegen und fliegen, Eliacim, über unseren Köpfen und leben in ihrer Welt grausamer Luftströmungen, in ihrem Limbus dichter, bleierner Wolken, in ihrem Paradies grünblauer Berge mit scharf umrissenen Gipfellinien.
Die Tauben, mein Sohn, die gehässigen Tauben, die egoistischen, altmodischen Tauben schießen durch die Luft rücksichtslos mit verächtlichem Vertrauen, als ob ihnen allein die Luft gehöre. Sie fliegen in Gruppen von fünf oder sechs zusammen über die Dächer der Häuser, die Dächer der Hospitäler, die Metalldächer der Gemüse- und Fruchtmärkte, die Fleischhallen, die Fischstände.

Die Tauben, Eliacim, fliegen auch über die Brunnen, die Flüsse, die Sümpfe, über das Meer. Sie vergiften die Wasser und spießen mit unsichtbaren, langen Nadeln die Kinder am Boden fest, die, völlig hingegeben, ihr Spiegelbild im Wasser betrachten.
In einer besseren Welt, Eliacim, in einer gerechteren und vernünftigeren Welt, würden die Tauben auf fernen, einsamen Inseln leben, auf Inseln, zu denen es schwierig ist, hinzugelangen und ganz unmöglich wieder zurück. Auf Inseln, die ohne Baum und ohne jegliches Getier sind, die riesigen, zerzausten, weißen Flügeln gleichen. Aber wenn es eine glücklichere Welt gäbe, Eliacim, wenn eine solche Welt anstelle der unsrigen, der so leiderfüllten träte, dann würden die Dachkammern der Welt sich anfüllen mit den Holzsplittern, mit dem Trümmerstaub nicht ausgeführter guter Vorsätze, von Plänen, die nirgendwo anders leben können, als eben in unserer Sphäre. Das wäre dann auch keine Lösung, mein Sohn!

114. *Kapitel* 114
Geschirr und Kristall

Du tratest mit festem Schritt ein, mit so festem Schritt, daß im Geschirrladen die Fächer erzitterten, in denen die Gegenstände aus Porzellan und Glas ihrem Schicksal entgegenharrten.
Du sagtest in rechthaberischem Ton: «Schicken Sie mir einen Satz Gläser ins Haus und eine Porzellanschale mit Muster. Sie muß ziemlich tief sein, damit in ihr bequem ein gebratenes Lamm Platz hat von ungefähr zehn oder zwölf Pfund.»

Immer, wenn du Leute einludest – und das war damals sehr oft der Fall –, fülltest du, Eliacim, das Haus mit Gegenständen aus Porzellan und Kristall. Als dann der Friede wieder einkehrte, standen alle diese Dinge aufgereiht im Büro und wirkten einigermaßen dekorativ.

Unsere damalige Haushilfe, jene junge Witwe, Eliacim, die schließlich mit einem italienischen Bergarbeiter davonlief, sagte mir eines Tages: «Gnädige Frau, mein Bräutigam hat mich gebeten, Sie um Erlaubnis zu fragen, ob er im Büro einige Tarantellas singen dürfe. Ich hatte mir erlaubt, gnädige Frau, ihm zu erzählen, welch herrlicher Anblick das Büro bietet mit all den vielen Sachen aus Porzellan und Kristall, die der Sohn der gnädigen Frau in letzter Zeit gekauft hat. Mein Bräutigam, gnädige Frau, sagte: ‚Oh, Lucia', – denn mein Bräutigam, gnädige Frau, nennt mich immer Lucia, Lucia Gigli und manchmal auch Lucia Cechi –, ich würde mich glücklich schätzen, wenn deine Herrin mir erlauben würde, einige Tarantellas in ihrem Büro zu singen und mich dabei selbst auf der Laute zu begleiten oder auf der Gitarre. Willst du sie darum bitten?' – Ich habe es Ihnen also mitgeteilt, gnädige Frau, und bitte Sie, es ihm zu erlauben.»

Ich sagte ja, mein Sohn. Aber der italienische Bergarbeiter konnte am festgesetzten Tag nicht kommen. Unsere damalige Haushilfe erzählte mir, er habe einen sehr unangenehmen Anfall von Krätze.

Und unsere Gegenstände aus Porzellan und Kristall, deine Sachen aus Porzellan und Glas, Eliacim, werden im Schweigen alt.

115. *Kapitel*
Der verkrachte Rechtsanwalt

Ich ging wegen meines Prozesses, Eliacim, zu jenem verkrachten Rechtsanwalt, weil ich dachte, er würde mehr freie Zeit haben. Der verkrachte Rechtsanwalt empfing mich sehr liebenswürdig, mein Sohn, und sagte mir gleich am Anfang: «Ich bin, gnädige Frau, ein verkrachter Rechtsanwalt ohne Prozesse. Wer hat Sie bloß an mich empfohlen, daß ich Ihren Prozeß führen soll?» «Niemand», antwortete ich ihm, «den Entschluß habe ich ganz allein gefaßt. Ich habe niemanden, der mich beraten könnte, der mir beisteht.» «So allein sind Sie?» – «Ja, allerdings, ganz allein. In Wahrheit kann niemand einsamer sein, als ich es bin!»
«Was, mit diesen Augen?»
«Schluß!»
Glaube nicht, daß ich eine stachlige Distel bin, Eliacim. Du weißt, daß ich es nicht bin. Aber du mußt verstehen, daß ich nicht zu diesem verkrachten Advokaten gegangen bin, damit er mir Liebeserklärungen macht. Der verkrachte Rechtsanwalt fuhr fort: «Gnädige Frau, ich bitte Sie, mir zu verzeihen. Es war ein Mißverständnis. Ich wollte Sie nicht belästigen. Das würde ich niemals wagen. Also sagen Sie mir, um was handelt es sich?» Ich, Eliacim, fühlte einige Augenblicke lang große Gewissensbisse. «Nein, bei Gott, wer würde jetzt davon sprechen! Wenn Sie wüßten, wie allein ich bin!»
Der verkrachte Rechtsanwalt ohne Prozeß erhob sich und sagte: «Na also.» Dann trat er auf mich zu, nahm mich in die Arme und küßte mich lange und erfahren auf den Mund. Ich, Eliacim, fühlte mich einer Ohnmacht

nahe. Mit geschlossenen Augen entbot ich Dir, Eliacim, eine schweigende, innige Huldigung.
Der verkrachte Rechtsanwalt, mein Sohn, hatte einen eleganten, graumelierten Schnurrbart und Augen in der Farbe der Enttäuschung. Er hatte sie mißvergnügt halb geschlossen. Außerdem trug der verkrachte Rechtsanwalt perlgraue Schnürstiefel und einen auffälligen Schlips von vornehmer Farbe.
Der verkrachte Advokat hatte, so erzählte er mir, mein geliebter Sohn, viel Pech mit den Frauen gehabt. Ich bekam einen Lachanfall, Eliacim, aber ich versuchte, ihn zu unterdrücken, um ihm nicht völlig den Mut zu rauben. Ich fragte ihn: «Aber wie ist das möglich?» – «Ich weiß es nicht, gnädige Frau», antwortete er und blickte mir in die Augen, «ich habe es nie herausbekommen können. Aber ich muß gestehen, daß ich es auch nicht versucht habe. Die Frauen, mit einigen Ausnahmen, zu denen ich Sie zähle [und er küßte mich wieder, aber weniger heftig], sind übermäßig logisch in ihren Reaktionen. Bedenken Sie, gnädige Frau, daß es nicht einfach und auch nicht unterhaltsam ist, im gebräuchlichen Sinn Glück bei den Frauen zu haben.»
«Wirklich?» antwortete ich.
Der verkrachte Advokat und ich lachten viel zusammen, mein Sohn, und wir umarmten uns. Dann öffnete er eine Flasche Sekt, legte eine sehr schöne Walzerplatte aufs Grammophon. Und nach der Musik des Walzers tanzten wir mit den Köpfen sehr nahe beieinander.
Ich habe ihn nie wieder gesehen, Eliacim. Ich schwöre es dir, daß der verkrachte Rechtsanwalt ohne Prozeß ein bezaubernder Mann war, ein wirklich höflicher Gentleman.

116. *Kapitel*
Die Höflichkeit

116

Von dieser kleinen Beobachtung möchte ich dir berichten, mein Sohn, in einer Zeit, wo die Menschen das Höflichsein aufzugeben beginnen. Als die Menschen anfingen, höflich zu sein, ging alles auf der ganzen Welt schlechter. Es ist bedauerlich, daß dies der Fall ist. Aber das ist schon eine Frage, die uns nichts angeht, Eliacim, täuschen wir uns nicht.

Die Höflichkeit ist ein kostspieliges Laster, mein Sohn. Und trotzdem wollen es die Menschen nicht aufgeben. Die Epochen guter Sitten, Eliacim, pflegen Vorläufer von Epochen des Hungers zu sein, jener Zeiten, wo Nesseln und Dornbüsche wuchern in den eisigen Achselhöhlen der Menschen.

Als du anfingst, deinen Verstand zu gebrauchen, Eliacim, und auch schon vorher, versuchte ich dir die einfachsten Regeln der Höflichkeit beizubringen und jene Regeln des Anstandes zu respektieren, die mit ihrem nutzlosen Glanz ein Schmuck der Jugend sind. Du, mein Sohn, warst immer folgsam, das ist wahr, und meine Aufgabe wurde mir nicht schwer gemacht, trotzdem ich sie oft ohne große Überzeugung durchführte.

Die Höflichkeit, Eliacim, gleicht der Hortensienblüte. Die Höflichkeit schmeckt wie die zierlichen farbigen Fische, die aussehen wie Vögel, die einem japanischen Holzschnitt entsprangen. Ein wunderschöner Betrug. Ein Betrug, der so nutzlos leuchtet wie der gestirnte Himmel. Ich möchte keinen Augenblick lang, mein Sohn, daß du die Regeln der Höflichkeit vergäßest, auch nicht den Gebrauch guter Sitten. Aber soviel ist sicher:

es ist auch nichts, um was ich dich auf Knien bitten oder dir einen Schwur abzwingen würde.

117. *Kapitel* *Pamella Caldwell*

117

Deine Cousine, Pamella Caldwell, Eliacim, hat sich gegen den Willen der Familie mit Mr. John S. Peace verheiratet, dem Mittelstürmer der Fußballmannschaft von Fulham. Ich traf ihren Mann, kurz vor der Hochzeit, einige Tage vor der Hochzeit, auf der Straße und er sagte, nachdem er sich angeboten hatte, mich bei meinen Einkäufen zu begleiten:

«Mrs. Caldwell, ich weiß zur Genüge, daß ich in Ihrer Familie nicht willkommen bin. Aber meine Liebe zu Pamella, gnädige Frau, ist sehr groß und niemand kann sich ihr entgegenstellen. Außerdem ist Pamella ein Mädchen von wenig löblichen Gewohnheiten. Sie ist ein Mädchen, gnädige Frau, die zu verheiraten ihren Eltern nicht leicht fallen würde. Sie verstehen mich schon!»

Ich zog es vor, ihn nicht zu verstehen, Eliacim, und ließ ihn fortfahren. «Es ist mir auch nicht verborgen, gnädige Frau, daß ein Fußballspieler, der weiter nichts ist, ein wenig geeigneter Bewerber um Pamellas Hand ist. Aber ich versichere Sie, gnädige Frau – und das sage ich nicht nur, damit Sie es weitersagen – ich bin mehr. Oder wenigstens hoffe ich, mehr zu sein als nur ein Fußballspieler und nichts weiter. Ich habe Gedichte veröffentlicht und besitze einen Brief von Mr. T. S. Eliot, den ich Ihnen einmal zeigen werde. Er gratuliert mir darin zu einigen Versen, die ich dem Frühling widmete.»

Ich glaube, mein Sohn, daß unsere Familie ungerecht über Mr. Peace denkt. Mir scheint er ein tüchtiger Bursche zu sein, voll guter Absichten. Und was deine Cousine Pamella betrifft ... wußtest du, Eliacim, daß deine Cousine Pamella zwei Verlobte vom Kontinent hatte?

118. *Kapitel* 118
Ein verhältnismäßig teilnehmender Kavallerie-Offizier

Ich lernte ihn im Haus der Fergussons kennen, Eliacim, und er war allem Anschein nach anerkannt teilnehmend. Obschon ich glaube, daß seine Teilnahme nur relativ war, was zweifellos ganz glaubwürdig erscheint.
Hochgewachsen, adrett und kriegerisch, konnte er wie niemand sonst das Quaken eines Frosches, den Schrei eines Esels, das Piepsen eines Vogels, das Krächzen eines Raben, das Gegacker des Huhnes nachahmen. Das Brüllen des Löwen, das Wiehern des Pferdes, das Muhen eines Kalbes und vor allem in den hohen Tönen das Bellen des Hundes und das Heulen des Wolfes brachte er nicht so gut heraus.
Der junge Offizier konnte einige Spiele mit den Händen, die sehr effektvoll waren und schwierig auszuführen. Er sprach Lateinisch mit einem sehr witzigen Akzent, konnte die Anfangsgründe der schwedischen Gymnastik und tanzte einfach fabelhaft. Die heiratsfähigen Mädchen bemühten sich um ihn wie um einen Lotteriegewinn. Er ist ein Traum, sagten sie, einfach traumhaft!
Der junge Kavallerieoffizier betreute, zum Bersten voll Zärtlichkeit, seine alte, gelähmte Mutter. Eine be-

dauernswerte Frau, die ihre Notdurft nicht beherrschen konnte und die Gebete verfaßte, mit denen die armen Kinder ihrer Gegend die Hilfe des Himmels herabflehten.

Wenn man ihn sehr genau beobachtete, konnte man hinter einer mit Mehl bestäubten Larve der Teilnahme, dieses von allen so gefeierten Mitgefühls, einen klugen, traurigen Bodensatz von Bitterkeit entdecken.

Du, Eliacim, der du so besonders einsichtig warst, hättest vielleicht – entschuldige – allein nicht das herausgefunden, was ich dir jetzt mitteile. Dafür hätte ich an deiner Seite sein und dich nie allein lassen müssen, um dir das zu erklären.

Nach der Abendgesellschaft bei Fergussons habe ich den jungen Offizier noch einige Male getroffen, Eliacim. Ich sah ihn an den verschiedensten Orten: Im Park, wie er den Vögeln Brotkrumen hinstreute; an der Autobushaltestelle, wie er ein erschrecktes junges Mädchen anstarrte; auf der Post, wo er Luftpostmarken kaufte; im Hause gemeinsamer Bekannter, wo er seine allbekannten Fähigkeiten leuchten ließ. Immer erschien er mir tief und schamhaft betrübt.

Seine Witze, Eliacim, auch wenn es immer neue und meist sehr gute waren, pflegten einen tiefen, doppelten Sinn zu haben, hinter dem sich der Hunger verbarg. Ich weiß nicht, ob ich dem jungen und verhältnismäßig teilnehmenden Kavallerie-Offizier zu viel Ehre erweise, Eliacim, wenn ich mir vorstelle, wie er so schön unglücklich ist. Sicher aber ist, daß deine Mutter, mein Sohn, wenn sie ihm ins Gesicht sah, das Gefühl hatte, als ob sich ihre Seele zusammenkrampfe.

Leider habe ich den jungen Offizier schon längere Zeit

nicht mehr gesehen. Vielleicht ist er versetzt worden an einen Ort außerhalb Englands. Vielleicht auch ist seine Mutter gestorben, und er hält sich nicht mehr für verpflichtet, den Menschen teilnehmend zu erscheinen.

119. *Kapitel*
Der Stil «Queen Ann»

119

Er ist bequem und liebenswert, Eliacim, von schlichter, eleganter Linienführung, geeignet zum Gebrauch für Familien in festgegründeter Position.

Mir würde es gefallen haben, eine Frau im Stil der Queen Ann zu sein, Eliacim, eine fruchtbare, gar nicht kränkliche Frau oder vielleicht so zart, daß sie einer steinernen Pyramide gliche. Ich wäre gerne eine Mutter vieler Kinder geworden, die ich überhaupt nicht geliebt hätte; mein Sohn, all meine Zärtlichkeit wäre weiterhin nur auf dich gerichtet gewesen. Die Kinder hätten mich aber bewundern müssen beinah mit Neid und in der Art ihres kleinen Stils Queen Ann, der schon etwas verpantscht ist.

Mich hat eine Idee gepackt, der ich aber nicht zu viel Beachtung schenken möchte, um mich nicht zu ermüden oder zu sehr zu betrüben. Mich läßt die Idee nicht los, ob du vielleicht der heftigen Brandung des Verhängnisses hättest widerstehen können, der grausamen Brandung des Meeres, wenn ich eine Frau im Stil der Queen Ann gewesen wäre, kräftig wie die normannischen Frauen. Ich will mich aber darauf nicht kaprizieren, sonst werde ich verrückt.

120. *Kapitel*
Die Flußschiffahrt

120

I

Die breiten und flachen Boote auf den Flüssen, Eliacim, auf den zahmen und tückischen schiffbaren Flüssen, fahren dahin durch die Gnade der Strömung, aufgeputzt mit schreiend bunten Fähnchen. Sie atmen Polkas und Märsche aus, die etwas feucht die Ufer erreichen, wo ihnen die Kinder der Volksschulen mit schmutzigen Taschentüchern zuwinken.

Die Flußschiffahrt, mein Sohn, hat eine seltsame Ähnlichkeit mit meuchlerischer Kriminalität. Ein Fluß, Eliacim, hat immer etwas von der Erinnerung an ein schreckliches Verbrechen, ein Verbrechen begangen an einem Mädchen mit aufgedunsenem Gesicht, ein Mädchen, das schattenhaft durch die engen und einsamen Gassen der Stadt schleicht.

Auf den glatten und vergifteten schiffbaren Flüssen fahren die platten, kiellosen Flußboote gegen die Strömung, Eliacim, mit ihren kahlen Masten, ihren hohen, mit Zeitungspapier verkleideten Schornsteinen und keuchen ihren Atem ein und aus. Der Atem erreicht die Ufer nicht, diese grün-schwarzen Ufer, von denen ihnen kein Lächeln kommt, um Lebewohl zu sagen oder eine glückliche Reise zu wünschen.

II

Ach, mein Sohn, durch meine Venen schiffen – ich weiß nicht, ob sie wirklich schon fahren – ganze Geschwader von Flußbooten. Sie sind sicherlich nicht elegant, nicht seetüchtig, aber sie tun ihre Pflicht, beinah verschämt wie die vergnügten, zerlumpten Bettler, die einmal reich waren, um Almosen bitten. Sie tragen und sie führen mich aufwärts und abwärts, von Alpdruck zu Alpdruck, von einer sterbenden Illusion zur andern, von Schrecken zu Schrecken und wollen dadurch verhüten, daß ich für immer einschlummere, was ich manchmal gar nicht mehr will, so scheint es mir.

Und am Bug all dieser Flußboote sind deine Augen, Eliacim, aufgemalt. Augen, schon ohne Ausdruck, wie die müden Augen der Sterne.

Ich erzähle dir das nicht, mein Sohn, um noch mehr Trauer zu deiner Trauer zu fügen. Ich erzähle es auch nicht, um als verlassene Mutter zu prahlen.

III

Es ist mir etwas Entsetzliches passiert, Eliacim, auf dem Flußboot, das wie eine Hafenschenke heißt: «Die Möve, die ein sanftes Französisch sprach.» Mir ist da etwas passiert, das einem die Haare zu Berge steigen läßt. Es ist wahr, daß ich es nicht vermeiden konnte. Als ich aber merkte, daß ich ihn gegen meinen Schoß gepreßt, erstickt hatte, warf ich ihn über Bord, einen Augenblick abpassend, wo niemand hinsah. Ich kann es dir nicht weitererzählen, Eliacim, denn seine flehenden Augen, die ich aus Unbedacht vergaß zuzudrücken, vielleicht weil mir die Erfahrung fehlte, diese Augen starrten mich unentwegt an.

Dann im Laufe der Zeit maß ich diesem Geschehen immer weniger Bedeutung bei. Aber wieviel bedeutet es, Eliacim, wie viel!

IV

An Festtagen geben die Kapitäne ihren Flußbooten ein extra Essen. Das pflegt aus einem dicken, nahrhaften Maismehlbrei zu bestehen mit gebratenen Speckstückchen darin. Die Flußschiffe haben an Festtagen einen ungewöhnlichen Glanz im Bauch, ein Leuchten, wie man es sich kaum vorstellen kann. Und mit aufgerichtetem Rückgrat ähneln sie jungen Tieren, die auf dem Markt gern gut verkauft werden wollen, vielleicht weil sie den Besitzer wechseln möchten.

V

Nachdem ich lange die Gewohnheiten und die Tradition der Flußschiffahrt studiert hatte, mein geliebter Eliacim, ängstigt mich der Gedanke, noch sehr viel mehr lernen zu müssen.

Diese Boote wie Suppenschüsseln in den Flüssen wie Suppe, mein Sohn, in den Flüssen, die nach dem Saft von alten, süßen Waldbäumen riechen, diese Boote wahren vorsichtig ihre Berufsgeheimnisse, wie es die besonnenen Porzellanhersteller tun. Diese Geheimnisse, die sich seit alten Zeiten von Generation auf Generation vererben.

Und die Kinder der Volksschulen, Eliacim, und ich, die wir die einzigen erstaunten Zuschauer der Flußschiffahrt geworden sind, wir lächeln demütig, wenn wir die Boote vorbeiziehen sehen, um uns dadurch ihr Wohlwollen zu erringen. Trotzdem, mein Sohn, weiß ich nicht, bis zu welchem Grade wir das je erreichen können.

121. *Kapitel* 121
Entscheidende Schritte

Du sagtest: «Morgen werde ich einen entscheidenden Schritt in meinem Leben tun.» Und du kamst heim mit einem roten Fleck von Lippenstift auf dem Kragen deines Hemdes.
Nein, mein Sohn, spiele nicht so gefährlich mit Worten. Das, was dir, Eliacim, damals passierte, war niemals mehr als ein nicht sehr entscheidender Schritt. Die entscheidenden Schritte, mein Sohn, hinterlassen keine Spuren. Der Pakt mit dem Teufel ist keimfrei wie ein gut eingerichteter Operationssaal.

122. *Kapitel* 122
Die Petroleumlampen

Die Zeit der Petroleumlampen war eine anmutige Zeit, Eliacim. Die Lampen teilten sich ein in drei Gruppen: Die Zoo-Lampen, die Herbariums-Lampen und die Gestirnslampen. Die Zoo-Lampenschirme lassen Schmetterlinge, Gazellen, Fische aufleuchten. Die Lampen des Herbariums zeigen Teerosen, Farnkräuter, Wicken. Die Lampenschirme der Gestirne erleuchten Kassiopeia, Aldebran, Andromeda. Wenn du das Zeitalter der Petroleumlampen noch gekannt hättest, so würdest du dir für den Nachttisch eine Gestirnslampe ausgesucht haben, um Sir Walter Scott lesen zu können, eine Lampe voll von Sternen, Sternbildern, voll von Wolken.
Ja, Eliacim, ohne Zweifel war die Zeit der Petroleumlampen gemütlicher und freundlicher. Es war eine Zeit,

wo eine gute Tischlampe, dekoriert mit smaragdfarbenen Tieren, Pflanzen oder Sternbildern, eine Familie zu den höchsten Sphären der Gesellschaft erheben konnte. Im Hause deiner Großmutter, mein Sohn, pflegte man abends, sich um die Petroleumlampe versammelnd, folgende Unterhaltung zu führen:

«Die Lampe scheint schlechter zu brennen.» – «Nein, wieso? Vielleicht ist der Glühstrumpf schmutzig.» – «Albert, was sind das für Worte!» – «Entschuldige!» – «Anfangs braucht es immer eine Weile, bis die Lampe ihre größte Leuchtkraft hat.» – «Natürlich, sie hat noch nicht genug Kraft.» – «Natürlich, natürlich!» – «Es ist ganz klar.» – «Vorsicht, stoßt nicht an die Lampe!» – «Nein, um zu sprechen, braucht man nicht an die Lampe zu stoßen.» Usw. usw. bis in alle Ewigkeit.

[Die Anwesenden, mein Sohn, waren ihrer fünf und die Phrasen, die ich eben wiederholte, können beliebig von einem jeden ausgesprochen worden sein.]

Glaube mir, Eliacim, das Zeitalter der Petroleumlampen war behüteter, häuslicher. Habe ich dir schon gesagt, daß es drei Sorten von Petroleumlampen gab? Zoo-Lampen, Herbariums-Lampen und Gestirns-Lampen? Ja, ich erinnere mich, daß ich es bereits gesagt habe!

123. *Kapitel* 123
Auf dem Sand der Wüste

Auf dem Sand der Wüste, Eliacim, schimmern saubere, ausgedörrte Knochen mannigfacher Herkunft. Knochen von Kamelen, Dromedaren, Pferden; Knochen von berberischen Kaufleuten, von Tuareg-Kriegern, Knochen

von Löwen, Hyänen und Gazellen; Knochen von Forschern, Touristen, Missionaren; Schädelknochen, Steißbeinknochen, Knochen von Gliedern.
Auf dem Sand der Wüste, mein Sohn, wird eine große Ausstellung von Knochen verschiedenartigster Herkunft gezeigt.
Auf dem Sand der Wüste, Eliacim, hätte ich dich mit Dreistigkeit geliebt; mit einer Tapferkeit, wie ich es nie wagen würde, dich in unserer Stadt zu lieben. Ich kann dir versichern, mehr aus Angst vor den Mauern, die uns beschützten und von der Luft, die wir einatmeten, als vor den Menschen, die uns hätten beobachten und sogar uns hätten fotographieren können uns zur Geringschätzung und zum Stolz.
Auf dem Sand der Wüste, mein geliebter Sohn, verwandeln wir Frauen uns in unersättliche, zerstörerische, stürmische Winde, in wilde Südwestwinde, die ganze Gebirge dem Erdboden gleichmachen können und ganze Städte begraben. Daher ist es in manchen Ländern gesetzlich verboten, daß wir Frauen uns in der Wüste zeigen mit der gleichen Dreistigkeit, mit der wir uns über ein hohes Geländer beugen.
Auf dem Sand der Wüste knirschen unsere Schritte, als ob wir über eine Schicht dürrer, ungebeichteter Begierden schritten, über wüste Begierden, die man höchstens im Todeskampf zu beichten wagt.
Aber auf dem Sand der Wüste, Eliacim, zwischen den Schienbeinen und Wadenbeinen, die mit großem Prachtaufwand Hochzeit hielten und dann spurlos verschwanden, dort könnten wir uns noch treffen, ohne daß irgendwer etwas davon merkte. Dort könnten wir uns gegenseitig aus den Feldflaschen zu trinken geben.

124. *Kapitel* 124
Das Problem der farbigen Völker

Niemanden weiter als die Weißen regt das Problem der Farbigen auf. Und heute, Eliacim, haben wir noch die Zügel in der Hand. Aber morgen? Wer weiß, was morgen ist?
Es ist ohne Zweifel gut, daß die farbigen Völker existieren, und daß sie gedeihen. Es gibt Schwarze, Gelbe, Olivenfarbige und sogar Rothäute mit poetischen Jägernamen.
Wenn die farbigen Völker plötzlich verschwinden würden, Eliacim, wer würde die riesige Leere ausfüllen, die sie auf der Erde hinterließen?
In der Welt der Farbigen gibt es vielleicht ein paralleles Vorurteil nicht, mein Sohn, weil die farbigen Völker, nachdem sie uns immer wieder anhörten, beizeiten eingesehen haben, daß es das beste und einfachste sei, uns gewähren zu lassen.
Und diese Idee, Eliacim, verwirrt uns Weiße, bringt uns aus dem Gleichgewicht, führt uns auf Wege der Bitterkeit.

125. *Kapitel* 125
Galavorstellung

Als sei es mit allem Pomp angezeigt worden, zogst du deinen Smoking an, Eliacim, und gingst eilig und voller Erwartung ins Theater.
Das Theater, mein Sohn, war in jener Nacht voll wie noch nie. Miß Fiore erreichte, was wenig Frauen erreichen:

die Männer schenkten ihr kostbare Blumen, hatten aber vorher alle Vorsichtsmaßnahmen getroffen, falls sie sich eine Kugel durch die Schläfe jagen würden.
Der Sitz neben dir, Eliacim, war zufälligerweise besetzt von dem Selbstmörder, den es in der 11. Reihe gab. Es war dies jener junge Bankier, der es nicht fertigbrachte zu warten, bis er drankam, bis seine Stunde schlug bei der hartherzigen Miß Fiore. Er hätte lieber ein gutes Beispiel der Geduld abgeben sollen.
Ich, Eliacim, versuchte einen ganzen Tag lang die Blutflecken aus deinen Kleidern zu waschen. Aber meine Seele war mit eitler Hoffnung erfüllt, weil es dir so gut ergangen war.
Welch großartige Vorstellung, welch unvergeßliches Schauspiel, sagtest du zu mir und dachtest vielleicht, du habest noch viele Lebensjahre vor dir, um dich daran zu erinnern.

126. *Kapitel* 126
Bogenschießen

Das Bogenschießen, Eliacim, ist edler, aristokratischer in seinem ursprünglichen Sinn, unnützer und vielleicht mehr Mut erfordernd als das Schießen mit einer Schleuder. Das Schleudern, mein Sohn, ist lustiger, mehr unseren Neigungen entsprechend. Aber es ist ja bekannt, daß wir nicht immer das tun können, was uns Spaß macht.
Ein Bogenschütze, Eliacim, bewegt sich in rhythmischer Eleganz, die ein Schleuderschütze niemals erreichen kann. Die Maler früherer Jahrhunderte, wenn sie ein

ebenmäßiges, edles Gesicht darstellen wollten, einen Prinzen, einen jungen Kardinal, einen siegreichen Offizier, so kopierten sie immer Strich für Strich die Gesichtszüge eines Bogenschützen. Hingegen, wenn sie auf der Leinwand ein gewöhnliches Gesicht festhalten wollten, einen Eroberer, einen Heiligen, einen Handwerker, so suchten sie ihr Modell in der Schar der Schleuderschützen.

Das Bogenschießen, Eliacim, kräftigt den Willen, beruhigt die Nervenäste. Zu Zeiten der Patrizierherrschaft, vor schon vielen Jahren, mein Sohn, aber nicht so sehr viele Seemeilen von dem Ort entfernt, wo du jetzt bist, war es Sitte bei den griechischen Knaben, die sich für die Politik oder für andere hohe Ämter vorbereiteten, daß sie ihre erste Waffentat mit dem Bogen bestanden.

Du mußt daran denken, Eliacim, daß die griechische Welt, laut der Essayisten, ein Muster ruhiger, gereifter Politik war.

Ich habe es niemals fertig gebracht, mein Sohn, es aber auch niemals versucht, das ist wahr, daß du eine echte Begeisterung für das Bogenschießen aufbrachtest. Und jetzt denke ich manchmal, Eliacim, daß es mir sehr viel Freude gemacht hätte, wenn du ein vollendeter Bogenschütze geworden wärst. Wie gern hätte ich das dann, ohne viel Wesens davon zu machen, meinen Freundinnen und Verwandten erzählt.

127. *Kapitel*

127

Das Wachsfiguren-Kabinett

In unserer Stadt, Eliacim, fehlt wirklich ein Wachsfiguren-Kabinett, ein gut eingerichtetes Museum mit Zentralheizung und indirekter Beleuchtung, in dem man Nero, Torquemada, Marat, Jack den Bauchaufschlitzer, Landru und den modernen Doktor Pétiot in ihrer Umwelt sehen kann und all die andern blutgierigen Weltberühmtheiten.

Die Wachsfiguren-Kabinette, Eliacim, sind sehr lehrreich für die Jugend und für die herrschende Klasse. Diese Einrichtung sollte meiner Ansicht nach von Staats wegen gefördert werden.

Da die Kunst des Präparierens noch nicht so weit gediehen ist, mein Sohn, um uns diese Persönlichkeiten lebensvoller vor Augen zu führen, so ist das Wachs sehr geeignet, denn es ist wenigstens bisher das beste Material, um uns diese Berühmtheiten lange nach ihrem Tode nachzubilden.

Wenn man so zwischen den Vitrinen des Wachsfiguren-Kabinettes umhergehen könnte, die groß wie Alkoven sind, so glaube ich, daß ich glücklich sein würde, Eliacim, wenn ich mit einem Blick in einem einzigen Moment all die Gespenster derer umfassen könnte, die zu ihrer Zeit die Menschen in Schrecken versetzt haben, all jene schwarzen Schatten, die sich heute unserer ehrlichen Gefräßigkeit darbieten wie ausgestopfte Vögel.

Ich bedaure es, daß ich, als ich es noch mit unmittelbarer Wirksamkeit konnte, niemals mit dir über meine Vorliebe für das Wachsfiguren-Kabinett gesprochen habe, für die Gefängnisse, für die Kurorte, wo man einige

Wachsbärte und Glasaugen einschließt und sie je nach Vorliebe benennt.
Wir hätten uns gut unterhalten, du und ich, Eliacim, wenn wir unsere Freunde, die größten Blutsauger der Menschheit, besucht und ihnen die Zunge herausgestreckt hätten, während wir uns den Rücken deckten durch die Dienstordnung. Glaubst du nicht?

128. *Kapitel* 128
Das Schachspiel

Der wildeste Haß, mein Sohn, die tiefsten Abgründe des Hasses bestehen zwischen den Gelehrten, den Musikern und den Schachspielern.
Das Schachspiel, Eliacim, ist ein gehässiges Spiel, das einen guten Ruf hat, eine Verteidigungsschrift der Tradition, die sich eingehüllt hat in das unschädliche, weiße Fell des Lammes des Zeitvertreibs.
Wenn du und ich Schach spielten und ich aus Unbedacht einmal eine Partie gewann, so erschien in deinen Augen, Eliacim, ein unheimliches Feuer, das dein Lächeln nicht auszulöschen vermochte, während sich in deinem Hals der schwarze Rabe, krank vor Rache, festsetzte, einen Flügel auf den Gaumen gestützt. Der Todesvogel, der die Herzen mit Ballast beschwert.
Ja, Eliacim, ja, du stecktest zu tief drin im Problem, als daß du mit Ruhe hättest zusehen können, mit jener Ruhe, die dir so nützlich gewesen wäre. Ich sage das, weil sich die Gelegenheit dazu gerade ergibt.
Der Planet, auf dem die Türme, die Läufer, die Pferdchen auf ihrer vorgeschriebenen Bahn manövrieren, ist

ein toter Stern, auf dem niemals auch nur der bescheidenste Büschel Gras wachsen wird, wo wir unseren schmerzenden, gegeißelten Leib betten könnten, wenn es keine andere Möglichkeit mehr gibt.
Das Schachspiel, Eliacim, ist ein Spiel für astigmatische Seelen, ein Spiel, dem wir uns fern halten sollten wie vor einem bitteren Becher. Nur, wenn wir das tun, Eliacim, und wenn die Menschen sich wieder die Freiheit zubilligen, die Figuren so zu bewegen, wie sie gerade Lust haben, nur dann können wir uns diesem kurzen Leben ohne allzuviel Belastung entgegenstellen, diesem Leben, das uns entflieht wie ein Rad, welches den Abhang hinabrollt.

129. *Kapitel* 129
Der Tabak

Als du deine erste Zigarette rauchtest [ich will sagen, deine erste erlaubte Zigarette natürlich!] und du, um mich mit deiner Eleganz zu demütigen, einen Mund voll Rauch durch die Nase ausstießest, war ich nahe daran, in ein untröstliches Weinen auszubrechen. Ich war, Eliacim, wie eine Frau, die sehr in ihren Mann verliebt ist und durchs Telefon erfährt, daß sie ganz plötzlich Witwe geworden ist.
Der Tabak, mein Sohn, ist gut für die Gesundheit, wenn er auch manchmal eine schlechte Wirkung auf die Gesundheit hat. Wenn man den Waisen und Verlassenen zur rechten Zeit eine Zigarette gäbe, so würde es in Zukunft viel weniger Menschen geben, Eliacim, die unter die Waisen und Verlassenen gerechnet werden müßten

und Unterstützung einkassieren. Aber niemand hat bisher dies strategische Verteilen von Zigaretten ernst genommen. Und so geht es weiter wie bisher.
Von allen Tabaksorten, die ich kenne, mein Sohn, hat keine solch stetig heilsame Tugenden wie der kubanische Tabak, dieser aromatische Brennstoff, der fähig ist, entwertete Ideen neu zu beleben, Herzen, die auf Abwegen sind, wieder zurechtzuweisen, sie wieder auf den rechten Pfad zu bringen.
Wenn ich eine große Überzeugungskraft besäße, Eliacim, wenn ich ein berühmter politischer oder kirchlicher Redner wäre, ein befähigter, politischer Agitator, ein Glaubensapostel mit großer Gefolgschaft, so würde ich einen Kreuzzug unternehmen zugunsten des Tabaks von Havanna mit dem Slogan: Laßt euch nicht verbrennen, brennt! Ich aber, Eliacim, kenne meine Grenzen und begnüge mich deshalb damit, dann und wann eine echte Havannazigarre zu rauchen, durch die ich großes Selbstvertrauen bekomme und die mir – so bilde ich mir jedenfalls ein – ungezählte, unnütz vergeudete Energien zurückgibt.
Ja, Eliacim, nach dem altbewährten Verfahren: ein Zug für mich, ein Zug für dich, verbringe ich meine einsamen Abendstunden mit einiger Resignation und mit all der geringen Munterkeit, zu der ich noch fähig bin.
Als du deine erste Zigarette rauchtest [du weißt schon, welche Art von erster Zigarette ich meine!] und ehe du den Rauch wieder ausstießest, ein paar kurze Worte sagtest mit einer impertinent netten Miene, war ich nahe daran, in begeistertes Weinen auszubrechen wie eine reuige Sünderin.

130. *Kapitel*
Deine erste Große Fahrt

130

Der Reiseplan für deine erste Große Fahrt war schon dazu angetan, dich mit Glückseligkeit zu erfüllen. Welch großes Vergnügen für mich, dich auf den fernen Meeren, die sich dir so geneigt zu zeigen schienen, so glücklich zu wissen. Und wie schlecht betrugen sich diese Meere zum Schluß mit dir und mit mir!

«Gibraltar! Ich habe mir eine Gitarre gekauft, ein Paar Banderillas [jene Waffen, mit denen die Toreros sich gegen die wilden Angriffe der Stiere verteidigen], eine Flasche echten Sherrys. Sie sind sehr kreditwürdig, diese Anbauer von Sherry-Weinen, die Mackenzies, Gordons, die Williams, Sandemans, die Spencers, Osborne, Terrys. Auch Herr Gonzales ist sehr bekannt.

Algier: Dort habe ich mir Pantoffeln gekauft, eine Riff-Pfeife und ein Kupfertablett, von dem ich glaube, daß es dir gefallen wird. Es ist sehr hübsch in Algier. Die Häuser sind alle weiß und einige Frauen verhüllen sich das Gesicht.

Neapel: Ich kaufte mir ein paar beinerne Amulette, die vor dem Ertrinken schützen sollen und eine Sammlung von Postkarten. Es gibt hier sehr viele Schuhputzer und die Friseure sind sehr liebenswürdig, wenn auch etwas konfus in ihren Rechnungen.

Alexandria: Dort kaufte ich mir ein Tee-Service aus Porzellan. Als ich an Bord zurückkam, merkte ich, daß in der Teekanne mit ganz kleinen Buchstaben stand: Made in Germany.

Port Said: Ich habe mir ein Opernglas gekauft, das vielleicht auch aus Deutschland stammt.

Colombo: Ich kaufte eine Perlenkette, um sie dir zu schenken, wenn ich nach Hause komme. Der Zweite lachte sehr, als ich ihm das erzählte und erklärte mir, daß diese Perlen made in Japan seien.
Singapore: Ich kaufte mir einen Roman von Vicky Baum. Anfangs, weil man es nicht gewöhnt ist, scheint es sehr schwierig, die Chinesen, Indonesier und Malayen auseinanderzuhalten.
Manila: Ich kaufte mir ein Manila-Tuch und ein Elfenbeinkästchen. Ich wagte nicht zu fragen, hörte aber, daß sie auch in Japan hergestellt werden.
Hongkong: Ich kaufte mir eine Nummer der ‚Times'.»
Die Liste deiner Einkäufe, mein Sohn, ist wie ein Märchen ohne Ende, wie ein kompletter Reiseplan für ein Schulschiff auf langer, glücklicher Fahrt.
Ich sehe mir jetzt mit kalter, sensationeller Verwunderung die Liste deiner Einkäufe an, Eliacim, die Sammlung von Ansichtspostkarten, die du mir schicktest, wie ein ordentlicher Sohn es von allen Ecken der Welt tut. Es kostet mich Anstrengung zu denken, daß diese Postkarten von den fernsten Punkten der Welt an mich gerichtet sind, Eliacim, ausgerechnet von dir, meinem geliebten Sohn, geschrieben worden sind.

131. *Kapitel* 131
Seidenweiche Wiesen

Ein Fleck des süssen Paradieses erscheinen mir die seidenweichen Wiesen, Eliacim, die grünen Rasen, mein Sohn, auf denen voll Sanftmut die Rehe grasen und die Mitglieder des Oberhauses Golf spielen.

An manch einem Morgen kommt mir der Gedanke, Eliacim, daß die Rehe wohl die glücklichsten aller Tiere seien, inbegriffen die Menschen, daß sie glücklicher sind als die Mitglieder des Oberhauses, die, obschon keine übertrieben großen, doch auch ihre Sorgen haben. Wenn uns vor der Geburt die Möglichkeit gegeben wäre, unser Schicksal nach eigenem Gutdünken zu bestimmen, so würde ich, Eliacim, mit geschlossenen Augen mir gewählt haben, ein scheues Reh der Waldwiesen zu werden, ein sanftmütiges Reh der seidenweichen Auen. Denn auf den Wiesen, mein Sohn, leuchtet ab und an noch der Glanz aus Gottes Hand, diese gnädige Hoffnung, die sich mit der Farbe des grünen Grases bemalt, mit dem zierlichen Büschel, der ganz still und intensiv sein unerschütterliches und winziges Behagen erlebt.
Auf den seidenweichen Auen, Eliacim, weht von gleicher Farbe wie die Luft jenes reine Gefühl, das ich dir gegenüber nicht zu empfinden vermag.

132. *Kapitel* 132
Das Vogelhaus

1

In einem großen Vogelhaus, Eliacim, in einem riesigen Käfig, in dem die Vögel lange Zeit den Genuß beibehalten, sich als Gefangene zu fühlen, dort würde ich dein winziges Herz aufbewahren, bis ihm Flügel wüchsen in der intimen Farbe einer Apfelblüte.
Könnten wir es erreichen, Eliacim, daß die Vögel von deinem Herzen sich ernährten, wenn es anfinge wie ein Vogel umherzufliegen, und sie ihm die Flügel in

Stücke schnitten und zerkauten wie eine weiche Frucht, dann könnten wir uns, mein Sohn, kräftiger und ausdauernder fühlen, steinhart und unerschütterlich in unsern eigenen, schwachen Überzeugungen.
Aber die bunten Vögel des Vogelhauses, Eliacim, die Vögel, die vom Morgen bis zum Abend singen ohne irgendeinen Grund [wenn wir ihnen diese Gefälligkeit zugeständen!], nähren sich nur von frischen Herzen, von gesunden Herzen, von vermummten, schlagenden Herzen, die den fröhlichen Masken der Glückseligkeit gleichen.

II
Dein Herz, mein Sohn, bemalte sich mit den Farben des spröden Schalls der Meere, Eliacim. Es taugt schon nicht mehr als Nahrung für die Vögel.

III
Aber hör zu, was ich dir sagen will, mein Sohn. Hör mir wenigstens solange zu, als du ein Fragment des fröhlichen Windchens verspürst, das mir die Seele erfrischt: Wenn niemand es bemerken würde, nähme ich allen Burschen deines Alters das Herz fort, Eliacim. Und auf dem immensen Berg von Herzen würde ich ein großes goldenes Vogelbauer aufstellen voll Spinnen, Eliacim!

133. *Kapitel* 133
Eine Geliebte mit schmaler Taille gewünscht

Du, Eliacim, setztest in die dafür vorgesehenen Spalten eine Anzeige, die mich mit Kummer erfüllte: Eine Geliebte mit schmaler Taille gewünscht! Warum, mein Sohn, warum dies grausame Festlegen auf Einzelheiten? Deine Mutter, Eliacim, hatte viele Jahre lang eine sehr schmale, von allen bewunderte Taille, an die du dich sogar vielleicht erinnern kannst. Aber die Jahre der Mißgeschicke vergingen, mein Sohn, und deine Mutter, die fast alles vergessen mußte, verlor beinah ohne es zu bemerken, ihre schmale Taille, jene enge Taille, die alle bewunderten und an die du dich vielleicht sogar noch erinnern kannst.

Auch ohne schmale Taille, Eliacim, kann eine Frau einen Mann sehr glücklich machen, so glücklich, daß er schließlich nicht einmal mehr weiß, welches streng genommen in Wirklichkeit schmale oder breite Taillen sind.

Mit bittrer Trauer, Eliacim, erfüllte mich deine kurze und unüberlegte Anzeige. Ich hätte auch lieber einen Sohn gehabt, der sich niemals von mir getrennt hätte. Warum sagst du mir nicht sechs oder acht Worte ins Ohr, die geeignet sind, den schlechten Eindruck zu verwischen, den deine Anzeige auf mich gemacht hat?

134. *Kapitel* 134
Überaus große und virtuose Lippen

Deine Lippen, mein Sohn, waren nicht überaus groß und virtuos. Sie waren bescheiden und von normaler Größe. Wenn sie aber überaus groß und virtuos gewesen wären, Eliacim, ungeheuer groß und geschickt wie das Feuer zum Beispiel, so hätte ich es nicht gewagt, sie mit der gleichen Dreistigkeit zu betrachten, mit der ich es we-

nige Male, wahrhaftig sehr selten, zu tun wagte.
[Ich glaube, mein Sohn, daß eine Mutter eigentlich immer das Recht hat, zu jeder Stunde und mit welcher Miene es ihr behagt, die Lippen ihres einzigen Sohnes zu betrachten.]
Aber deine Lippen, Eliacim, hätten im Lauf der Jahre noch überaus groß und virtuos werden können, so wie ich sie mir wünschte, überaus groß und virtuos wie ich sie benötige und wie du vielleicht, wenn du sie gehabt hättest, sie benötigt hättest, um nicht zu sterben, um mich nicht hintergehen zu müssen. Mich erschreckt der Gedanke, daß deine Lippen, mein Sohn, sich schon zersetzt haben und umherschwimmen in tausend und abertausend winzigen Fragmenten im kalten Ödland der Sirenen, jener unersättlichen Gespenster mit überaus großen und virtuosen Lippen, mit überaus großen und im Wissen geübten Lippen.
Es gibt Dinge, an die zu denken ich mich nicht kräftig genug fühle.

135. *Kapitel* 135
Ja

Es ist eine schöne Silbe, Eliacim, die wir entfliehen lassen, unwissend und gleichgültig, ohne uns zu beeilen, sie wieder einzufangen. Um zu hören, wie du sie aussprachst, Eliacim, stellte ich dir die verschiedenartigsten und simpelsten Fragen: «Hast du gebadet?» – «Ist es Tag?» – «Gehst du aus?» – «Willst du eine Tasse Tee?» – «Bist du zufrieden?» –
Es schlug mir niemals fehl mit dir, mein Sohn, denn ich

fragte dich niemals ein einziges Wort, wo ich an der Antwort zweifeln mußte. Wir Frauen, Eliacim, wenn wir ihn zu nichts mehr gebrauchen können, fühlen in unserem Herzen einen seltsamen Instinkt erwachen, glühheiß und atembeklemmend wie das Feuerloch eines angeheizten Backofens.

Eliacim, das Wort Ja ist immer ein liebenswerter Hoffnungsstrahl.

136. *Kapitel* 136
Die weißen Felsen, dort, wo das Meer rauscht

Die jugendlichen Selbstmörderinnen, mein Sohn, haben ein ähnliches Gehirn wie die französischen Schriftsteller. Sie träumen bei Nacht von verliebten Spaziergängen auf den weißen Felsen, dort, wo das Meer rauscht.

Diese Spaziergänge pflegen schlecht anzufangen und gut zu enden. Ganz im Gegensatz zu den Träumen der tugendhaften Mädchen. Die nutzen die Gelegenheit nicht aus, sich auf den weißen Felsen, dort, wo das Meer rauscht, lieben zu lassen.

Die Träume der allerjüngsten Selbstmörderinnen, Eliacim, sind grausam deutlich und exakt. Und der Mann, der sie küßt, der weiße Felsen, das tobende Meer zeigen sich so deutlich und scharf umrissen, mit einer Realität, die ihre Seelen mit Angst erfüllt.

Der Mann, der sie küßt, Eliacim, dessen Hände rot von Blut sind, spricht zu ihnen mit vertraulicher Rücksichtslosigkeit.

«Meg, reiß dir die Haare aus und wirf sie in die Luft, damit sie der Wind forttragen kann!»

Es tut sehr weh, aber Meg reißt sich die Haare aus und wirft sie hoch in die Luft, damit sie der Wind fortträgt.
«Betsy, reiß dir die Augen aus und lasse sie zu Boden fallen. Aber paß auf, daß sie nicht kaputt gehen, damit sie die Ameisen fressen können!»
Betsy zittert vor Schmerz, reißt sich die Augen aus und läßt sie zu Boden fallen. Sie paßt auf, daß sie nicht kaputt gehen, damit sie die Ameisen verspeisen können.
«Nancy, küsse mich.»
Und Nancy küßt ihn.
Der weiße Felsen, Eliacim, auf dem das Alter lastet grün von Blut, spricht zu ihnen, mein Sohn, mit vertraulicher Grausamkeit:
«Bel, schlag dir die Brüste mit einem Stein ab, leg sie auf deine Handfläche und blase mit aller Kraft, damit ich sehe, wie sie fliegen!»
Bel weint untröstlich, schlägt sich die Brüste mit einem Stein ab, legt sie sich auf die Handfläche und bläst mit aller Kraft, damit der weiße Felsen sieht, wie die Brüste davonfliegen.
«Molly, beiß dir die Zunge ab und spucke sie weit fort, damit der Wind sie wie eine Fahne blähen kann!»
Molly, voll Ekel, voll eines gefälligen, sanften Ekels, wie die Schande eines Kindes, beißt sich die Zunge ab, spuckt sie weit von sich, damit der leichte Wind sie wie eine losgerissene Fahne blähen kann.
«Jinny», küsse mich!
Und Jinny kniet nieder und küßt den weißen Felsen.
Das brausende Meer, Eliacim, das die grauen Wasser voll Blut anschwemmt, mein Sohn, spricht zu ihnen mit vertraulicher Kälte, wie ein Vater, der tut, als sei er gekränkt:

«Kitty, laß dich fallen!»
Und Kitty läßt sich fallen.
«Fan, laß dich fallen!»
Und Fan läßt sich fallen.
«Maudlin, laß dich hinabfallen!»
Und Maudlin schließt die Augen und läßt sich hinabfallen.
Ja, Eliacim, die jugendlichen Selbstmörderinnen, die genau die gleichen Gehirne haben wie französische Schriftsteller, träumen in den feuchten und schützenden Nächten von langen und unmöglichen Liebesspaziergängen auf den weißen Felsen, dort, wo das Meer rauscht.
Wie gut, daß deine Träume von Spaziergängen handeln, die zu einem erwarteten Ende führen so wie gute Diners.

137. *Kapitel*
Die Federzeichnungen

137

Wenn du einige Fläschchen verschiedenfarbiger Tinte hast, einige Federn, damit sich die Tinten nicht vermischen und die Farben reinbleiben, so kann man, Eliacim, sehr hübsche Zeichnungen machen. Zum Beispiel ein Schiff, eine Blume, ein holländisches Bauernmädchen, zwei, drei Bäume, einen Bettler, einen Schwan, der zwischen roten, gelben und blauen Blumen umherschwimmt.
Als du ein Kind warst, Eliacim, ein noch sehr kleines Kind, schenkte dir dein seliger Vater einige Buntstifte, die du mit brummigem Gesicht entgegennahmst, denn du, mein Sohn, wolltest absolut mit der Feder die zartesten und unbegreiflichsten Dinge zeichnen: ein gesun-

kenes Boot, eine verblühte Blume, ein malayisches Bauernmädchen, zwei, drei verschneite Bäume, ein des Wanderns müder Bettler, einen Schwan.
Da du noch sehr klein warst, Eliacim, hattest du noch nicht die Tugend verloren, alles Unmögliche für möglich zu halten.
Federzeichnungen, Eliacim, sind meistens Arbeiten sehr erfahrener, sehr alter Künstler.

138. *Kapitel* 138
Heterodoxie

Heterodoxie, mein Sohn, ist wie ein Geldstück, das zwei Seiten hat, und einen bestimmten Wert darstellt.
Zwinge mich nicht, dir genauer zu erklären, was ich lieber in verschwommenem Schatten gehüllt lasse.

139. *Kapitel* 139
Atemgymnastik

Soviel ich gehört habe, sollen einige Atemübungen nach dem Aufstehen sehr gesund sein. Die Lungen dehnen sich aus, kräftigen sich, das Blut wird frischer und das Herz hüpft vor Freude, wenn ihm eine so gesunde, so muntere, so frisch gewaschene Gymnastik zugemutet wird.
Ich weiß nicht, was daran Wahrheit und was Lüge ist, Eliacim. Ich erinnere mich jedoch, als man dir diese Idee mit der Atemgymnastik in den Kopf setzte, daß du einen Tag lang wie ein Schlafwandler vor dich hinsprachst und mich dauernd tadeltest.

«Fühlst du dich schlecht, mein Sohn?»
«Nein, mit geht es gut, sehr gut sogar. Warum?»
«Nichts, gar nichts.»
Du warst sehr reizbar und jede Kleinigkeit machte dich wütend und brachte dich aus der Fassung.
«Warum fragst du, ob ich mich nicht wohlfühle? Mache ich den Eindruck, als ob ich mich nicht wohlfühle? Ich habe das Recht darauf, zu wissen, wie du findest, daß ich mich fühle: gut oder schlecht. Ich habe ein absolutes Recht darauf!»
Nein, Eliacim, nein, regen wir uns nicht auf. Du hattest kein Recht zu erfahren, wie ich dich fand, ob schlecht oder gut bei Gesundheit! Ich habe immer angenommen, daß du dich wohl fühltest. Das weißt du genau. Du hattest die Pflicht zu wissen, daß ich immer angenommen habe, du fühltest dich gut. Welchen Ärger hast du mir bereitet mit dieser verfluchten Atemgymnastik, mein Sohn!

140. *Kapitel* 140
Stilleben

Die Maler von Stilleben, Eliacim, malen immer ziemlich das Gleiche. Vielleicht darum, weil das Stilleben etwas wenig Variationsfähiges ist. Ich weiß es nicht.
Die Maler von Stilleben, Eliacim, sind meistens fröhliche, singfreudige Leute, gleich den Wächtern von Leichenhäusern, mein Sohn. Die singen zarte Weisen mitten zwischen den Toten und küssen, nach Toten schmeckend, die drallen Köchinnen aus der Nachbarschaft auf den Mund. Sie küssen die strammen, gesunden

Köchinnen der Nachbarschaft, die strotzen von Leben. Die betrügen ihre Verlobten, den Fruchthändler oder den Schreiner, die nicht nach Toten riechen oder schmecken, mit dem Wächter des Leichenhauses, der die Ausdünstungen der Leichen im Weisheitszahn verbirgt.

Die Maler von Stilleben, Eliacim, verstecken ihr Gesicht hinter einer Maske wenn sie malen, damit niemand sie erkenne.

Aber ich, mein geliebter Sohn, kenne mehrere, denen es nicht gelang, sich gut zu verbergen. Wenn ich die Gelegenheit dazu hätte, würde ich sie dir zeigen, wenn sie auf der Straße gehen und ihre kleinen Töchter in die Schule bringen. Die kleinen Söhne der Maler von Stilleben zeigen einen starken Hang dazu, sich von Taxis oder Autobussen überfahren zu lassen und zu sterben.

141. *Kapitel* 141

Die Muße

Sehr nützlich ist die Muße, mein Sohn. Die Muße ist ein liebenswürdiges Geschenk der Götter, ein gütiger Segen der Götter. Ich glaube, Eliacim, wenn man die Muße aufspeichern könnte, wenn man sie fabrikmäßig herstellen und verkaufen könnte, wie man es mit anderen Produkten tut, würde man der Menschheit einen großen Dienst erweisen.

Die müßigen Menschen, mein Sohn, die Menschen, die in ihrem Gemüt so viel Frieden beherbergen, daß niemand sie zur Arbeit anzutreiben wagt, sind das reine Bild höchster moralischer Vollendung.

Wenn du zum Manne geworden wärst, Eliacim, zum reifen Manne und zum Vater, dann würdest du wohl leichter begreifen, daß das, was ich dir sage, so klar wie die Sonne ist. Ich weiß wohl, daß in deinem Alter, Eliacim, man nichts weiter erwarten kann als Vermutungen, Intuitionen, Ahnungen. Die Erfahrung ist eine Frucht, die sehr langsam reift. Und die Muße, mein Sohn, ist eine schwer zu erringende Erfahrung langer Jahre.
In deinen endlosen Mußestunden unter Wasser, mein Sohn, ahnst du, erkennst du, errätst du, daß wir hätten kurz und intensiv glücklich sein können in den Augenblicken unserer Muße? Die deine noch sehr jung und doch mit der meinen übereinstimmend wie der Mond und die Sonne bei einer Verfinsterung eins über dem andern?

142. *Kapitel* 142
Die ungewöhnlichsten und gesundesten Frauen

Die ungewöhnlichsten und gesundesten Frauen, Eliacim, pflegt man in der Mittelklasse zu finden, weil das die zahlenmäßig größte und unschädlichste Klasse ist.
Die ungewöhnlichsten und gesundesten Frauen, mein Sohn, tun so, als seien sie sanftmütige, brave Kühe, um unbeachtet zu bleiben. Auch darum, Eliacim, um sich besser im täglichen Kampf gegen das Elend verteidigen zu können. Die ungewöhnlichsten und gesundesten Frauen, Eliacim, haben meistens ein Nest von Skorpionen zwischen den Brüsten. Einen Strudel von Skorpionen, den sie sprudeln lassen an ihrem hohen und mächtigen Busen.

Ich fühle eine große Befriedigung, mein Sohn, eine große innere Ruhe, seitdem ich dich für immer fern jener ungewöhnlichen und gesunden Frauen weiß; fern dieser allerungewöhnlichsten und gesundesten Frauen, die noch niemand hat zeugen können.

143. *Kapitel* 143
Es gelingt mir nicht, mich um nichts mehr zu kümmern

Es gibt so viele, so viele Sachen mein Sohn, bei denen es mir nicht gelingt, mich nicht mehr um sie zu kümmern. Manchmal unter bitteren Tränen würde ich mich liebend gern eintauschen für jedwedes Ding, das fähig wäre, sich losgelöst zu empfinden, sich unbeteiligt zu stellen all jenen Geschehnissen gegenüber, von denen es mir, Eliacim, welch Fluch! – nicht gelingt, mich zu lösen. Es will mir nicht gelingen, mein Sohn, mich nicht mehr um das Wetter zu kümmern, um den Regen, der fällt, um den Tee, den ich trinke, den Mann, dem ich auf der Straße begegne, den vor Kälte halb erstarrten Hund, der an meiner Haustür kratzt, mich nicht mehr zu kümmern, um die Erinnerung an dich! Ich schwöre dir, mein Sohn, ich wünschte, daß mich nicht so vieles, so aberviele Angelegenheiten in die Zange nähmen, daß mich nicht so viele und aberviele Dinge in jedem Augenblick daran erinnern, daß es mir nicht gelingt, mich nicht mehr um sie zu kümmern, frei zu leben.
Die Geschehnisse, Eliacim, würden edlere Gefühle beweisen, wenn sie sich für immer verwischen lassen würden wie eine Träne, die ins Meer fällt.

144. *Kapitel* 144
Schmutziger Schnee

Ich liebe den schmutzigen Schnee, Eliacim, den Schnee, niedergetreten von Menschen, deren Namen ich nicht kenne; den Schnee, der allmählich sich verfärbt, den Farbton der Hände annimmt, die sich anstrengen, um den Hunger herauszupressen und die plötzlich, ohne zu wissen wie, merken, daß sie einen glatten Bauch streicheln, einen beinah platzenden Bauch glatt wie ein Apfel.
Auf diesem angenehm schmutzigen Schnee, mein Sohn, würde ich gerne aus Mutlosigkeit sterben, so wie ein verlassenes Kind, den Blick starr auf irgendeinen Gegenstand gerichtet, der von dem sauberen, frisch gefallenen Schnee langsam zugedeckt wird wie von einer unversöhnlichen Flut.
Und auf diesem wohllüstig schmutzigen Schnee, Eliacim, wird mich der Tod nicht allzusehr belasten, glaube ich. Der Tod lastet schwerer auf fremden Schultern, mein Sohn, auf den Schultern, die irgendeine Mutter in einem Augenblick des Schreckens hätte herstellen können.
Ich liebe den schmutzigen Schnee, Eliacim, den Schnee, der allen Menschen der Stadt gehört.

145. *Kapitel* 145
Diese Luft, die zwischen den Häusern schläft

Dort, wo sich die mageren, räudigen Katzen lieben, wo die Musiker, die durch das Hornblasen schwindsüchtig geworden sind, an Erstickungsanfällen leiden, dort, wo

Fischköpfe faulen, wo der Hausierer pißt, dort, wo die rosa Cholera-Ratte ihre Jungen säugt, wo sich die schüchternen Diebe treffen, wo man die verwerfliche Kälte zu spüren bekommt, wo niemand sich an ein Lächeln erinnert, dort wohnt die verruchte Luft, die zwischen den Häusern schläft.

Diese verruchte Luft, die zwischen den Häusern schläft, Eliacim, erzeugt manchmal die höchsten Gefühle der Barmherzigkeit. Diese Luft entdeckt manchmal unerwartete und tapfere Gedanken der Hoffnung, die wohltönend und dünkelhaft wie der Donner sind.

Ich weiß nicht warum, mein Sohn, aber dort, wo die verruchte Luft wohnt, die zwischen den Häusern schläft, hört man auch zuweilen menschliche Worte aus dem Maul kranker und verliebter Katzen, oder man hört jemanden Flöte spielen mit seltsam geheimnisvoller Intonation. Oder es verraten sich tote Brasse und Dorsche, die wie junge Mädchen blicken. Oder man erfährt, daß ein Kind betet, ohne die Lippen zu bewegen, daß ein Hausierer vor Erschöpfung stirbt, weil er keine Ware mehr hatte. Oder die weiße Cholera-Ratte wurde durch ein Wunder geheilt. Oder die dreistesten der Diebe nehmen sich vor, nicht mehr zu stehlen. Oder Mütter plagen sich ab, ein hartes Stück Brot zwischen den Steinen zu finden. Oder man spürt im Leib einen lauen Stoß des Mitleids. Oder irgendwem kommt die Idee, sich ein Lächeln ins Gesicht zu malen. Alles, mein Sohn, ist eine Frage der Anpassungsfähigkeit an diese verruchte Luft, die zwischen den Häusern schläft, wie man sich daran gewöhnt, sie einzuatmen.

Es gibt Tage, an denen es mir unmöglich wäre, diese Luft zu vergessen, unmöglich, ohne sie zu leben!

Fetische

Du, Eliacim, hast dich stets für Fetische begeistert. Du, Eliacim, gabst unter allen Fetischen vor allem denen aus Bein, aus Silber, aus Holz und aus Eisen den Vorzug in eben dieser Reihenfolge. Die aus Kupfer hast du verachtet und die aus Kunststoff konntest du nicht ausstehen. In dieser Sache wie in allem andern gibt es bestimmte Vorlieben und Sympathien, Abscheu und Antipathien. Das kann ich nicht so verstehen. Deine Fetische, mein Sohn, hatten die verschiedenartigsten Bedeutungen, die mannigfachsten Aufgaben. In deiner Sammlung von Fetischen, Eliacim, gab es Fetische für die Liebe, gegen die bösen Geister, Fetische zum Regenmachen, Fetische zur Heilung von Krankheiten, Fetische, um das Feuer zu dämmen, Fetische für glückliche Geburten, Fetische, um jung und schön zu bleiben, Fetische, um die Kompaßnadel auf gute Fahrt zu richten, Fetische, um sich vor Schiffbruch zu schützen. Die letzteren, Eliacim, haben das schlechteste Resultat gezeigt, waren die Fetische, die sich am gemeinsten und rücksichtslosesten uns gegenüber benommen haben.

Du warst immer sehr begeistert von Fetischen, mein Sohn, und deine Begeisterung zusammen mit deiner Sammlung habe ich von dir geerbt.

Manchmal, wenn ich nichts zu tun habe, reinige ich deine Fetische, einen nach dem andern. Ich möchte sie gern in gutem Zustand erhalten.

147. *Kapitel* 147
Ich liebte drei Tage lang den Landwirt Tom Dickinson

Dienstag, den 7.
Tom Dickinson, mein Sohn, ist bezaubernd. Tom Dickinson ist hochgewachsen und stark; er kann das Gras mähen und die Kühe melken; er kann das Pferd beschuhen und die Rosen beschneiden.
Tom Dickinson, Eliacim, singt, wenn er das Wasser aus dem Brunenn zieht. Er singt alte gälische Lieder voller Schwermut. Tom Dickinson besitzt eine schöne Baritonstimme und weiße, scharfe Zähne wie ein Wolf.
Tom Dickinson, mein Sohn, spart, um einen Traktor kaufen zu können, damit er leichter seinen Hof bewirtschaften kann.

Mittwoch, den 8.
Der Hof von Tom Dickinson, mein Sohn, ist ein kleiner Hof, aber reinlich, voll Wohlstand. Die Felder sind mit viel Fleiß bearbeitet.
Der Besitz von Tom Dickinson, Eliacim, besteht aus grünen Wiesen, neuen Stallungen, Kartoffeläckern, und Haferfeldern, in denen der Wind am Morgen spielt.
Das Land von Tom Dickinson, mein Sohn, wächst und lebt um ein bequemes Haus, in dem das Feuer nie erlischt.

Donnerstag, den 9.
Das Haus von Tom Dickinson, mein Sohn, hat zwei Stockwerke. Außerdem gehören noch Weinkeller und Kornspeicher dazu. Der Weinkeller ist bis obenhin angefüllt mit Weinflaschen. Der Kornspeicher ist zum Bersten voll von sauberen Getreidekörnern.

Das Haus von Tom Dickinson, Eliacim, ist ausgestattet mit gediegenen, einfachen Möbeln, mit hellen Gardinen in fröhlichen, lebhaften Farben.
Das Haus von Tom Dickinson, mein Sohn, speichert für Tom Dickinson alles Licht auf, das durch die Fenster eindringt.

Freitag, den 10.
Tom Dickinson, mein Sohn, geht in seinem Hause umher wie ein König. Stolz wie ein König und viel ruhiger, viel glücklicher als ein König.
Ich liebte drei Tage lang, mein Eliacim, den Landwirt Tom Dickinson. Ich liebte ihn am Dienstag, Mittwoch und Donnerstag in dieser Woche. Aber ich wagte es ihm nicht zu sagen, mein Sohn, ich fürchtete, schlecht gegen ihn zu handeln.

148. *Kapitel* 148
Die Brieftasche des Ertrunkenen

Sie war aufgeweicht, unansehnlich, Eliacim, die Brieftasche des Ertrunkenen. In ihr befanden sich die Schlüssel, verwischte Familienfotos und seine drei Pennies.
Mir war es anfangs ein starker Trost, zu wissen, daß ich den jungen Ertrunkenen, dem das Portemonnaie gehörte, mit dem Fuß anstoßen konnte. Dann aber beeindruckte es mich sehr, daß er nicht lächelte.
Als der Ambulanzwagen den jungen Ertrunkenen fortschaffte, da blieb, Eliacim, die Brieftasche liegen und niemand beachtete sie auf den kalten und feuchten Steinen der Mole. Ich dachte, das sei ein schlechter Platz. Und so,

daß es niemand sah, hob ich die Geldbörse auf und drückte sie an mein Herz. Eliacim, seitdem ich die Brieftasche des Ertrunkenen gefunden habe, liegt sie unter meinem Kopfkissen, wenn ich schlafe, und ich fühle mich verhältnismäßig glücklich.
Den jungen Ertrunkenen haben sie in die Anatomie geschafft, wie es so Sitte ist mit jungen Leuten, die das Meer zurückgibt. Jeden Abend spreche ich für ihn ein kurzes Gebet. Aber ich will seine Brieftasche nicht verbrennen. Ich kann es einfach nicht!

149. *Kapitel* 149
Der ritterliche Kater

Meine Freundin Martha MacCloy, die Witwe von Zoroaster MacCloy, jenem so charmanten Vegetarier, den du gekannt hast, diese Freundin also hat einen ritterlichen Kater, einen edlen Kater, der sicherlich die Reincarnation eines Hauptmanns von Richard Löwenherz oder von Karl dem Großen ist. Der Kater meiner Freundin Martha MacCloy ist getigert, nicht sehr dick und von unbestimmbarer Herkunft. Aber dafür hat er einen sehr hübschen Namen. Der Kater meiner Freundin Martha MacCloy heißt Lucius Gamester. Gefällt dir das?
Nun gut, mein Sohn, Lucius Gamester ist, wie ich dir schon gesagt habe, ein ritterlicher Kater. Neulich besuchte ich einmal wieder meine Freundin Martha Mac Cloy, als wir ein verworrenes Geschrei auf dem Dach vernahmen. «Na ja», sagte meine Freundin Martha MacCloy, «da ist Lucius Gamester mal wieder dabei, irgendwelche Liebeshändel auf dem Dach auszutragen. Es

ist unausstehlich, meine Liebe, ich versichere Ihnen, jeden Tag diese Edelmanns-Allüren von Lucius Gamester zu ertragen. Ich glaube, da man ihn nicht ändern kann, werde ich schließlich wahnsinnig!»
Der ritterliche Kater meiner Freundin Martha MacCloy verschwand neulich ohne die geringste Spur zu hinterlassen. Ich glaube, obschon ich es Martha MacCloy nicht gesagt habe, daß Lucius Gamester ein gerissener Falschspieler ist.

150. *Kapitel* 150
Der Schlamm und der Rauch

Mit Schlamm zu spielen, Eliacim, sich Hände und Kleider mit Schlamm zu beschmieren, ist allmählich bei mir zu einem Laster geworden, mein Sohn, ist etwas, für das ich vieles hergeben würde.
Ich weiß nicht, ich weiß es wirklich nicht genau. Aber ich glaube, daß Spielen mit Schlamm nur etwas für ganz besonders erlesene Geister ist, nur für Menschen, die bewiesen haben, daß sie ohne zu fluchen mit Schlamm spielen können.
Der Schlamm, mein Sohn, ist weder Meer noch Land, weder Wasser noch Erde. Und es kann sehr gefährlich werden, wenn man sich ihm nicht hingibt mit gezügelten Gewissensbissen, mit aufmerksamem und gespanntem Bewußtsein. Selbstverständlich, Eliacim, kannst du sicher sein, daß man diese Sache nicht jedem Beliebigen aushändigen wird.
Den Rauch dagegen schon. Der Rauch, Eliacim, ist viel demokratischer. Und um mit ihm umzugehen, braucht

man keine besondere Ausbildung gehabt zu haben. Mit Rauch kann sich jedermann ohne Gefahr abgeben, auch die stumpfsinnigsten Leute.
Der Rauch rächt sich manchmal und beschmutzt Seelen und Herzen. Aber diese leidenschaftlichen Ausbrüche sind zum Glück selten.
Der Rauch, mein Sohn, ist wie ein Traum, ist etwas, das man nicht anfassen kann. Wenn wir uns die Taschen voller Rauch füllen, Eliacim, und ihn dann wie Geld auf den Tisch schütten könnten, so würde der Rauch viel von seinem Zauber verlieren.
Den Schlamm, ja den kann man auf den Tisch schütten. Nur ist es nicht sehr ratsam.

151. *Kapitel* *Dorothy* 151

Ich muß dir eine schlechte Nachricht überbringen, Eliacim. Dorothy, die nette Dorothy, dieses brave Mädchen, von dem alle sagten, sie würde sich einmal sehr gut verheiraten, ist im Krankenhaus gestorben.
[Es gefiel mir gar nicht, sie in das Bettuch eingehüllt zu sehen, das ihr so wenig schmeichelte, in jenes Bettuch, bei dem man sich ruhig hätte die Mühe machen können, es etwas zu plätten!]
Erinnerst du dich, Eliacim, wie nervös du damals wurdest, als ihr Pfänderspiele machtet und Dorothy dich bat, sie mit etwas Begeisterung, aber ohne zu viel Gemütsbewegung zu küssen? Ich muß jedesmal lachen, wenn ich daran denke!
Dorothy ließ mir kurz vor ihrem Tode sagen, ich möchte

sie doch besuchen. Natürlich eilte ich sofort zum Krankenhaus.

«Wie geht es dir, Dorothy? Ich wußte nicht, daß man dich ins Hospital gebracht hat.»

«Ja, sie haben mich ins Krankenhaus gebracht, weil von hier aus die Beerdigung bequemer ist. Ich kann das gut verstehen.»

«Ach so, aber Dorothy, Mädchen, du brauchst doch nicht gleich ans Sterben zu denken. Du hast doch noch genug Kräfte, um viele Jahre zu leben.»

Dorothy lächelte: «Doch, gnädige Frau, ich werde übermorgen sterben. Ich habe schon fast keine Kräfte mehr. Und die wenigen Kräfte, die mir noch bleiben, werden wohl nicht länger als zwei Tage reichen.»

«Aber nein, Mädchen, schlag dir doch diese Gedanken aus dem Sinn!»

«Warum?»

Dorothy war sehr schön, mein Sohn, das kann ich dir versichern.

Wie sie sich ausgerechnet hatte, war sie nach zwei Tagen tot.

Ich schickte ein paar Blumen. Aber sie kamen zu spät. Im Hospital, in dem Dorothy starb, mein Sohn, sind die Beerdigungen so bequem, daß die Blumen immer zu spät kommen.

152. *Kapitel* 152
Der betrübte Schüler

Neulich verpaßte ich die Gelegenheit, mir einen betrübten Schüler zu kaufen. Man hätte ihn mir billig gelassen.

Seine Eltern versuchten ihn in gute Hände zu geben und wollten nur ein Pfund und sechs Schillinge für ihn haben. Ich belustigte mich damit, ein bißchen um den Preis zu feilschen. Denn man würde den betrübten Schüler erst einmal von oben bis unten neu einkleiden müssen. Aber da kam mir eine Dame zuvor und führte ihn an der Hand fort.

Als seine Herrin den betrübten Schüler an der Hand fortführte, wandte der den Kopf nicht zurück. Man merkte, daß es ihn sehr wenig interessierte, was er hinter sich ließ.

Ich, mein Sohn, verspürte Neugierde und beschleunigte meine Schritte, um ihn einzuholen. Der betrübte Schüler schien nicht trauriger als gewöhnlich zu sein. Aber zu behaupten, er sei fröhlicher geworden, wäre eine Lüge. Steif wie ein Stock marschierte der betrübte Schüler dahin. Er blickte zu Boden, strich mit der Hand an der Mauer entlang.

Die Dame, die ihn gekauft hatte, schien von guter Gemütsart zu sein, trotz ihrer barschen Miene. Von Zeit zu Zeit gab sie ihm einen Katzenkopf, aber keinen sehr kräftigen. Der betrübte Schüler empfing den Schlag auf seinen mohrrübenfarbigen Haarschopf, duckte sich nicht, streckte sich nicht, krümmte sich nicht, erhob nicht trotzig den Kopf. Vielleicht merkte er den Schlag nicht einmal.

Die Herrin des betrübten Schülers, mein Sohn, kaufte, als sie an einer Zuckerbäckerei vorbeikamen, einen Pfefferminzbonbon, teilte ihn in zwei ungefähr gleiche Teile und gab dem betrübten Schüler sein Teil: das kleinere Stück. Am anderen lutschte sie ein wenig und steckte es dann in die Tasche, in ein Stückchen Seidenpapier gewickelt. Man merkte sogleich, Eliacim, daß die Herrin des betrübten Schülers eine sehr umsichtige Frau war. Da ich, mein Sohn, nichts Besseres zu tun hatte, ging ich längere Zeit hinter dem betrübten Schüler und seiner Herrin her.

In einem Lebensmittelgeschäft kaufte sie dem betrübten Schüler drei Plätzchen. Der betrübte Schüler aß zwei und verwahrte das dritte in der Tasche seiner langen Hosen. Die Hose des betrübten Schülers, Eliacim, war ein tiefer Stollen voll unvorstellbarer Schätze, von Reichtümern ohne Ende, die der betrübte Schüler, mein Sohn, festhielt mit der Wärme seiner Leisten und die er verstohlen liebkoste, wenn er die seltene Gelegenheit hatte, nicht beobachtet zu werden.

Ich habe es nie genügend bedauert, daß ich mir die Gelegenheit entgehen ließ, mich mit dem betrübten Schüler zusammenzutun. In unserem Heim, Eliacim, hätte der betrübte Schüler eine nette Rolle als Hornbläser spielen können. Mich tröstet nur der Gedanke, mein Sohn, daß der betrübte Schüler mit der Zeit so weit kommt, der Dame, die ihn gekauft hat, das Herz zu brechen. Wahrscheinlich wird der betrübte Schüler diese böse Tat begehen unter überraschend gellendem Gelächter.

153. *Kapitel*
Musik im Hintergrund 153

Es gibt ein ganzes Verfahren, Eliacim, eine eigene Technik der Musik im Hintergrund, die sicherlich nicht sehr schwer zu erlernen sein muß.

Die Musiker, die sich auf diese Art von Musik speziali-

siert haben, mein Sohn, pflegen die kleinen Spalten im Gehirn umwölkt zu haben von einem feuchten, durchsichtigen Dunst, der die Temperatur erhöht. Dieser Dunst hindert die Fähigkeit, Licht durchzulassen je nach dem Grade der emotionellen Intensität der jeweiligen Situation.
Diese Musiker stellen ihr Manometer auf die Nebennieren ein und arbeiten ganz mechanisch wie elektrische Eisschränke. Es kann gar nicht einfacher sein.

154. *Kapitel* 154
Das Glückshemd

Es gibt ein altes persisches Märchen, Eliacim, vielleicht erinnerst du dich daran: Es war einmal ein Mann, vielleicht war er ein Bettler. Ich weiß das nicht mehr so genau. Doch der Mann war sehr glücklich, denn er besaß nicht einmal ein Hemd.
Mir, mein Sohn, geht es genau anders herum. Ich kann nicht glücklich sein, wenn ich nicht vorher ein genau bestimmtes Kleidungsstück trage von einer vorher bedachten Farbe, von der ihm zustehenden, mir bekannten Form, von einer bestimmten und konkreten Qualität. [Natürlich, mein Sohn, spricht deine Mutter hier nicht vom Hemd, einem Kleidungsstück, das die Frau schon seit vielen Jahren über Bord geworfen hat. Kannst du dir vorstellen, Eliacim, du, der du schon ein Mann geworden warst, auf welches Kleidungsstück ich anspiele? Ich werde dir einen Hinweis geben, der dir vielleicht zur Orientierung dienen kann: in solchen Augenblicken fühle ich mich fiebrig und gleichzeitig sehr müde.]

155. *Kapitel*
Der ausgestopfte Hirsch

I

Mit seinen sanften, seinen beunruhigenden Glasaugen blickt mich der an der Wand hängende, präparierte Hirschkopf starr an. Als du das letzte Mal von Zuhause fortgingst, da verabschiedetest du dich sogar mit gewisser Rührung von unserm ausgestopften Hirsch, der auch dich von der Wand starr anblickte mit seinen sanftmütigen, seinen sündigen Glasaugen.
Als ich nach deiner Abreise allein zurückblieb, gab es Augenblicke, wo ich meinte, der ausgestopfte Hirsch wolle mir ein paar Trostesworte sagen, einige freundliche, gefällige Worte, mein Sohn. Aber der ausgestopfte Hirsch, Eliacim, beschränkte sich darauf, mich nur weiter ohne zu Zwinkern mit seinen mysteriösen Kristallaugen anzustarren wie einen seltsamen Gegenstand.

II

Mit seinen Bonbonhörnern, Eliacim, mit seinen süßen, ungefährlichen Hörnern, mein Sohn, droht mir der ausgestopfte Hirsch jeden Morgen. Als ich ihn das letzte Mal mit meinem Staubwedel säuberte, Eliacim, mit der gleichen Vorsicht wie sonst auch, fand ich seine vertrauten, schmachvollen Hörner weniger kalt als gewöhnlich, mein Sohn, so, als seien sie – wie soll ich sagen – empfänglicher, lauwarm geworden.
Seither habe ich ihn nie wieder mit meinem Staubwedel abgeputzt. Du mußt nicht vergessen, Eliacim, daß ich unsagbar allein bin.

III

Mit seiner traurigen und resignierten Miene, Eliacim, leistet mir der Hirsch, der mich von der Wand aus anstarrt und mir droht, oft Gesellschaft, das muß ich sagen. Noch blickt er mich nicht wirklich an, spricht nicht, lächelt nicht. Aber ich glaube, das wird noch kommen.
Bei den ausgestopften Hirschen, Eliacim, erreicht man es nie, daß sie, wenn man es möchte, einfach auf etwas eingehen.

156. *Kapitel* 156
Ein leeres Blatt Papier

Alles, was wir wissen, Eliacim, kann man auf ein leeres, nicht zu großes Blatt Papier schreiben. Man malt vorsichtig, um die Linie grade zu halten, die Buchstaben des Alphabetes. Und mit ihnen alle möglichen Kombinationen versuchend, ordnen sie sich schließlich, mein Sohn, zu zwei oder drei Dramen von Shakespeare oder vielleicht sogar zu noch mehr. Das Dumme ist nur, daß es sehr lange dauert.
Auf den leeren Papierblättern, Eliacim, träumen die großen Dichtungen der Zukunft, die großen Dichtungen, die noch nicht geschrieben worden sind. Manchmal fühle ich mich versucht, mich mit den leeren Blättern auseinanderzusetzen und anzufangen, einen Buchstaben nach dem andern niederzuschreiben, um zu sehen, was dabei herauskommt. Es gibt Leute, die behaupten, die lateinische Sprache sei auf solche Weise entstanden. Ich kann es nicht sagen.

157. *Kapitel* 157
Die Gerüche, die in uns schlimme Triebe wecken

Die Gerüche, die in uns schlimme Triebe wecken, Eliacim, die Gerüche, die in uns die gemeinsten, delikatesten Instinkte wecken, mein Sohn, sind meistens die besten Gerüche, die anerkannt guten Gerüche: die der Rose, des Jasmins, des Veilchens.
Als du ein Knabe warst, Eliacim, parfümierte ich dich immer mit Rosendüften, mit Jasmin und Veilchen, je nachdem, was ich mir vorstellte, von dir erreichen zu können. Den Rosenduft brauchte ich, um deinen Blick verderbt sein zu lassen, mein Sohn. Den Jasmin, um dich in einen erbitterten Liebhaber zu verkleiden. Das Veilchen, um niemals zu erfahren, wie du mit so viel hartnäckiger Wiederholung das unbestechlichste Lächeln deiner Mutter verleugnetest. Die Gerüche, die in uns schlechte Triebe wecken, Eliacim, sind über die ganze Erde verteilt, treiben über die Erde dahin und warten auf den, der sie riechen will.
Die Männer und Frauen, mein Sohn, die sehr oft die Düfte, die in uns schlechte Triebe wecken, gerochen haben, leben meistens in einem großen, geruhsamen Frieden, gleich dem, den der Vogel in seinem Blick zeigt.

158. *Kapitel* 158
Die Liga der säurefesten Bazillen

Sehr merkwürdig sind die Erklärungen der zweiten Versammlung der LISBA [Liga der Säurefesten Bazillen], die vor einiger Zeit in Hamburg abgehalten wurde. Du entdecktest diese Liga. Und die Entdeckung erfüllte dich mit Wonne und Stolz. Ich glaube, du hast sie aus bloßem Zufall entdeckt. Entschuldige, Eliacim, ich halte dich nicht für einen hervorragenden Kopf. Für einen relativ guten Sohn, dafür ja!

Der Plan zur Vernichtung der menschlichen Spezie, den die LISBA ausgeheckt hatte, war im großen und ganzen gut entworfen. Einige kleine Fehler können augenblicklich im Ablauf der Geschehnisse abgeändert werden. Der Bazillus Lucky Koch, ein junger Kaukasier, in Boston neu gezüchtet, umriß genau die Frage und gestattete nicht, daß man davon abwich oder sonst Zeit verlor. Wirklich, der junge Lucky Koch ist ein Prozeßkenner erster Ordnung, und seine Anwesenheit war beispielgebend und wirksam.

In dieser zweiten Versammlung behandelte man nur diese eine Frage: die Ausrottung der menschlichen Spezie als den wichtigsten Grenzstein zur Eroberung der Macht. Die Einwände, die jene Kongreßteilnehmer anmeldeten, die meinten, es sei besser mit dem Rindvieh anzufangen, wurden schnell zurückgewiesen. Beachte, mein Sohn, daß ein Mangel an Konsequenz zu nichts Gutem zu führen pflegt.

Herr Augustus Friedenberg, in dessen Lungen die Sitzungen der LISBA abgehalten wurden, wollte mit der Versammlung ein Ende machen und legte Berufung ein beim Streptomyzin und beim Pneumotorax. Herr Augustus Friedenberg hatte wenig Erfolg, denn die LISBA, wie alle verbotenen Gesellschaften, machte aus der Not eine Tugend und billigte alle Beschlüsse in ununterbrochener Sitzung.

In Wirklichkeit hatte Herr Augustus Friedenberg, wie

es meistens ist, auch recht. Warum, so fragte sich Herr Augustus Friedenberg, müssen ausgerechnet meine Lungen der Ort für die permanenten Sitzungen der LISBA sein? Sollen sie doch nach Liverpool gehen, das hat auch kein schlechtes Klima! Trotzdem, wie ich dir schon sagte, mein Sohn, Herr Augustus Friedenberg auch recht hatte, kümmerte sich niemand um ihn. Merke dir das, Eliacim. [Ehe ich es vergesse: jene Rechnung für Luftschlangen, die ich, wie ich dir damals sagte, ein wenig zu hoch fand – weißt du noch? – habe ich inzwischen bezahlt. Ich hätte es niemals getan. Aber ich hatte meine Gründe, die ich dir aber auch nicht nennen werde.] Die LISBA teilte die Menschen für die totale Vernichtung in drei Gruppen ein: A, B und C. Zur Gruppe A gehören jene Personen, die man möglichst rasch vernichten muß [Ärzte, Chemiker, Philantropen usw.]. Zur Gruppe B gehören die menschlichen Wesen, deren Zerstörung man nicht versäumen sollte, wenn sich die gute Gelegenheit dazu ergibt [Apotheker, Architekten usw.]. Und zur Gruppe C rechnen sie diejenigen andern, die aus verschiedenen Gründen bis zum Schluß aufgespart werden sollten [Politiker, Strategen, Waffenfabrikanten usw. usw.]. Auf den Listen figurieren keine Namen, wie du merkst, sondern die Menschen sind nach Berufen und Betätigungen eingestuft. Es macht mir Spaß, dir zu wiederholen, Eliacim, was du schon weißt, was du selbst mir mitteiltest. Denn obschon ich darauf bestehe, daß ich nicht ganz sicher bin, ob du wirklich zuerst die Entdeckung gemacht hast, so ist es doch immer ersprießlich, meine ich, so zu tun, als sei man die Mutter eines Genies, auch wenn man sich nicht dazu berufen fühlt.
Die Gruppe A besteht aus ...

159. *Kapitel*
Der zerbrochene Brunnen

159

Als der Winter kam, mein Sohn, und Schnee ihn zudeckte, begann der zerbrochene Springbrunnen im Garten zu singen mit ganz leiser Stimme. Mit einer Stimme, die an den Hochzeitssang der Glühwürmchen erinnerte. Es war wie ein schwaches, liebevolles Wehklagen, das nur ich verstand. Und so viel man mich auch darum bat, wollte ich es niemandem entziffern.

Ich weiß noch genau, wie mich jener italienische Marchese besuchte, der sich so leidenschaftlich für die schönen Künste interessierte. Ich glaube, ich habe dir schon bei anderer Gelegenheit von ihm erzählt. Damals begann der zersprungene Brunnen zu singen – vielleicht ihm zu Ehren. Er sang mit seiner klangvollsten und innerlichsten Stimme. Er sang eine lange, hinreißende Kantate ohne Anfang, ohne Ende.

«Wer singt da, gnädige Frau?»

«Ein kaputter Brunnen, Marchese!»

«Und was sagt er?»

«Verzeihen Sie mir bitte.»

Der italienische Marchese, mein Sohn, der so leidenschaftlich die schönen Künste liebte, vor allem die Musik und die Poesie, drang so in mich, daß ich mich sehr hart zeigen mußte. Ich bat ihn, mein Sohn, um meine Unhöflichkeit wieder gut zu machen, er solle von mir nur alles, was sonst in meiner Macht stünde, verlangen, damit ich ihn zufriedenstellen könne. Und der italienische Marchese, mein Sohn, zog mich nackt aus und bedeckte meinen Körper mit Peitschenhieben.

Jener zerbrochene Brunnen, mein Sohn, aus dem sonst

immer ein langer Wasserfaden rinnt, blieb drei Tage lang völlig trocken. Die Narben von den Peitschenhieben könnte ich dir noch zeigen, Eliacim, wenn du mich darum bätest.

160. *Kapitel*
 Wiener Walzer

160

Es gab eine Zeit, Eliacim, wo dir und mir die Wiener Walzer sehr gefielen, die unvermeidlich lustigen Wiener Walzer, die man am besten anhört, als Baum verkleidet, die Augen halb geschlossen und voller Milde mit geheucheltem Feingefühl.
Ich erinnere mich, als sei es gestern gewesen, jener Nächte, in denen du unentwegt Wiener Walzer tanztest zusammen mit diesem unbedeutenden Mädchen, das ich beneidete und das ich haßte mit aller Kraft meines Herzens. Jenes unbedeutende Mädchen – wie hieß es nur noch? – Einmal fing es an zu weinen und machte eine schreckliche Szene, weil du versucht hattest, es zu küssen.
Die Wiener Walzer, Eliacim, sind nicht geeignet für die Liebe, wir wissen es beide. Die Wiener Walzer, mein Sohn, passen viel besser als Übung für die wohlgeordneten Künste der Ehe. Die Liebe, Eliacim, ist wie ein unregelmäßiger Herzschlag.
Wenn, was nicht selten geschieht, aus dem Radio ein Wiener Walzer ertönt, Eliacim, zum Beispiel die «Donauwellen» oder die «Schlittschuhläuferinnen», oder «Frühlingsstimmen» so ziehe ich mir die Schuhe aus, springe über die Möbel, mein Sohn, bis ich völlig er-

schöpft und fast ohne Atem niedersinke. Dann, Eliacim, weine ich ein wenig ganz still vor mich hin und küsse dein Bild. Danach schlafe ich meistens ein.
Ja, Eliacim, weißt du noch? Es gab eine Zeit – sie ist schon lange her – da machten dich und mich die Wiener Walzer sehr glücklich, die verheerenden und lustigen Wiener Walzer, die man am besten barfuß tanzt oder doch zum mindesten mit goldenen Tanzschuhen.
Damals, mein Sohn, lachte uns – oh wie verräterisch! – das Blut zu, das durch unsere Adern steuert. Aber jene Zeit, Eliacim, ist für uns beide vorbei. Es wäre sehr schwierig, sie nochmals zu erleben, jedenfalls mit dem Ungestüm von damals.

161. *Kapitel* 161
Die bronzene Glocke, die über die Berge schallt

Wenn ich genügend Macht hätte, Eliacim, so würde ich die bronzene Glocke zum Schweigen bringen lassen, die dort oben über die Berge schallt. Denn je tiefer ich in Gedanken an dich versunken bin, desto mehr lenkt sie mich ab und zwingt mich ganz unwillkürlich, dir den Rücken zu kehren. Ich denke zum Beispiel an deine Augen, an den Ton, den du deiner Stimme gabst, wenn du von mir verlangtest, dir dein Bad zu richten. Oder ich denke an den Leberfleck, den du am Hals hattest, an deine unerfahrenen Hände oder ganz einfach an deinen Tennisschläger. Und ich denke weiter, man müßte neue Saiten darauf spannen lassen ...
Die bronzene Glocke, die über die Berge schallt, mein Sohn, könnte, so meinte ich, sehr gut die Glocke des

Hasses sein. Die Glocke, Eliacim, die man niemals zum Schweigen bringen kann, weil sie nicht läutet und klingt an irgendeinem Orte, den Menschen erreichen können, ohne ihre Seelen unverzeihlich der Verdammnis preiszugeben zur größten Lust des Teufels.

Von meinen Freundinnen oder Nachbarinnen, mein Sohn, hat keine jemals die bronzene Glocke vernommen, die über die Berge hinschallt. Und wenn ich von ihr spreche, Eliacim, so sehen sie mich mit merkwürdigen Blicken an, die mich verwirren.

Aber unter meinen Freundinnen und Nachbarinnen überwiegen diejenigen, die taube Seelen wie ein toter Fisch haben, taube und vergiftete Seelen wie eine tote Schlange.

Wenn ich Macht hätte, Eliacim, wirklich große und nicht nur scheinbare Macht, so würde ich die bronzene Glocke, die über die Berge schallt, einschmelzen lassen und den Befehl geben, aus ihrem glühenden Fleisch ein Denkmal zu gießen für die unaufmerksamen Tiere.

Aber ich, mein Sohn, ich habe keinerlei Macht. Ich, Eliacim, bin nichts weiter als eine arme Frau ohne irgendwelche Macht. Ohne Macht und Kraft, um auch nur mit einer Bewegung, selbst wenn ich in dieser Bewegung all meine Energien verpfänden müßte, – die bronzene Glokke, die über die Berge schallt, auf den Boden zu schleudern.

Wenn ich irgend etwas anderes in meinen Händen hielte, Eliacim, ich würde versuchen, dich damit zufrieden zu stellen, trotz deiner Ansprüche.

162. *Kapitel*
Das brennende Kind

162

Ich wollte es nicht löschen, mein Sohn, damit sich nicht der Zorn der Götter über uns ergösse.
Das brennende Kind, Eliacim, in Schreie gehüllt, rannte übers Land und zündete die Getreidehocken an, die Wälder auf dem Berge. Das brennende Kind, Eliacim, trug die Lust mit untilgbaren Schmerzen ins Gesicht gemalt. Es rannte am Ufer entlang und zündete die Schiffe an, rannte über die Bauernhöfe, das träge Vieh in Brand steckend. Das brennende Kind, Eliacim, hieß Toby und war in Flammen gekleidet. Verzweifelt folgten ihm die Frauen, die es zu löschen versuchten. Sie wollten es ans Herz drücken ohne jegliche Furcht vor dem Zorn der Götter.
Es war ein unvergeßlicher Anblick, Eliacim, dieses brennende Kind. Ich fuhr aus dem Schlaf auf, mein Sohn, und versuchte mich mit allen Mitteln zu beruhigen. Aber das Bild dieses Kindes erschien immer wieder, sobald ich die Augen schloß.
Du warst völlig gelähmt vor Erstaunen, inmitten der Mengen, in deiner Uniform wie immer gut aussehend, wenn vielleicht auch etwas älter geworden.
Das brennende Kind kündete sich an durch ein schrilles Pfeifen. Es führte Pirouetten in der Luft aus, sprang hoch hinauf bis zu den Wolken und steckte die Vögel, die Engel in Brand.
Wie ich dir schon sagte, war es ein Anblick, den ich niemals vergessen werde. Aber wie dumm bin ich! Ich brauche dir das alles ja gar nicht zu erzählen, du warst ja selbst dabei, standest starr vor Staunen mitten in der

Menge in deiner Uniform und gut aussehend wie immer, nur vielleicht etwas älter geworden.
Manchmal, mein Sohn, unterläuft mir ein unverzeihlicher Lapsus. Ja, Eliacim, wir wollen uns nichts vormachen. Ich bin nicht mehr die Gleiche wie früher.

163. *Kapitel* 163
Die perlmutterne Muschel

Blank gewaschen von euren Tränen, Eliacim, von deinen Tränen und denen deiner Kameraden, säuselt die glänzende Perlmuttermuschel an meinen Fingerkuppen mit einem Sanftmut, für den ich ihr nie genug danken kann. Ich liebkose die Muschel, wie ich die Kehle einer Jungfrau streicheln würde, mein Sohn.
Neben deinem Bild, Eliacim, neben einem der Bilder von dir, nämlich das, wo du eine Rose in der Hand hältst; unter diesem Bild schläft die perlmutterne Muschel, wenn ich sehr spät und sehr traurig müde werde, sie zu streicheln. Neulich nacht, Eliacim, versetzte mir die Perlmuttermuschel einen furchtbaren Schreck, einen Schreck, von dem ich mich erst nach einigen Tagen erholte. Ich möchte es dir lieber nicht sagen. Du würdest, ehe ich es zu Ende erzählt hätte, dich ebenfalls erschrokken haben. Die Sache hatte zum Glück keinerlei Bedeutung.
Die Perlmuttermuschel, mein Sohn, die vom Weinen so vieler junger Seeleute glatt gewaschen worden ist, pflegt sehr delikate Gefühle zu haben.

164. *Kapitel*
Der älteste Baum der Stadt 164

Der älteste Baum der Stadt, so sagt man, Eliacim, ist vor Alter gestorben. Es ist der Baum, in dessen Rinde die Kapitäne, die in den Dreißigjährigen Krieg zogen, die Namen ihrer Bräute eingeschnitten hatten.
Als ich dies erfuhr, mein Sohn, glaubte ich viel trauriger zu werden, als ich dann tatsächlich war.
Ich verspürte Hochachtung, Eliacim, warum soll ich es leugnen, vor unserem alten Baum, dem ältesten Baum der Stadt. Aber mein Herz wird offensichtlich mit der Zeit schwielig und verhärtet durch den schnellen Lauf des Schmerzes.
Dem Tod des ältesten Baumes der Stadt, Eliacim, widmete ich nur einen Tag der Tränen. Davon noch abgezogen die Stunden der Mahlzeiten und einen kurzen Augenblick, wo ich ausging und Einkäufe machte.
Das Holz des Baumes kaufte ich von der Stadtverwaltung, und es wird nun in meinem Kamin brennen. Welche Freude, Eliacim, welch unermeßliche Freude!

165. *Kapitel*
Straßenmusikanten 165

Mit Akkordeon und Violine, mein Sohn, spielen die Straßenmusikanten an den Türen der Kneipen den Trinkern mit den fröhlichen Neigungen auf.
Mit Horn und Violine, mein Sohn, spielen die Straßenmusikanten an den Türen der Kirchen zu Ehren der Brautpaare, die nicht wissen, wovon sie leben werden.

Wenn ich dadurch nicht üble Nachrede heraufbeschwören würde, Eliacim, so füllte ich mir das Haus mit allen Straßenmusikanten, die ich finden könnte, wenn sie Polkas und Märsche an den Türen der Kneipen und Kirchen spielen. Unser Haus ist groß, mein Sohn, wie du weißt, und ich glaube, daß darin deine Mutter und ihre Straßenmusikanten gut Platz hätten. Diese trägen, wohlriechenden Straßenmusikanten, diese Leute, die ihren Kopf mit einer Schirmmütze aus Wachstuch bedecken und sich eine Leier auf des Herz tätowieren lassen. Die Straßenmusikanten, Eliacim, sind meistens Helden winziger Tragödien, die das Leben der Menschen verwässern, vielleicht damit die gemeinsten Zuschauer sich amüsieren, wenn sie sehen, wie manche Menschen darum kämpfen, nicht unterzugehen.

Aber die Straßenmusikanten, Eliacim, die es vorziehen, langsam zu ertrinken wie die alten Wale, haben nicht an diesem Kampf teil. Sie haben ihm entsagt, um von morgens bis abends Musik zu machen, langsam durch die Stadt ziehend, vor den Kneipen zu erscheinen, vor den Kirchen, auf der Suche nach einem mildtätigen Trinker oder einem armen Bräutigam, der – beinah scheint es ein Wunder – ihnen etwas zu Essen geben kann.

An den kalten Wintertagen, Eliacim, muß ich immerfort an die Straßenmusikanten denken, an die Männer, die auf den kranken Geigen spielen, den kranken Akkordeons, den kranken Hörnern und Flöten. Und ich fühle starke Gewissensbisse, mein Sohn, ich kann es nicht vermeiden.

Ja, Eliacim, wenn ich dadurch nicht üble Nachrede heraufbeschwören würde, so füllte ich unser Haus am

16. April, deinem Geburtstag, mit Straßenmusikanten. Sie würden sich lachend und mit Freuden anbieten, vor der Tür deines leeren Zimmers die Stücke zu spielen, die dir am besten gefallen. Das würde ein sehr vergnügter Tag werden, Eliacim, ein ungeheuer glücklicher Tag für alle. Aber mir fehlt der Mut, mein Sohn. Noch fehlt mir der nötige Mut dazu!

166. *Kapitel* 166
Der abgemusterte Seemann

Welch trauriger Anblick, dieser abgemusterte Seemann, Eliacim, dieser Seemann, der ein Bein verlor auf dem festen Land, den ein Zug überfahren hatte. Der abgemusterte Seemann, der sein Bein auf dem Festland verloren hatte, als er vom Zug überfahren wurde, Eliacim, heißt Eusebius W. Clownish. Er hat eine Tante im Kloster in South Dakota. Er ist Neger, trotzdem er versichert, einer seiner Großväter sei von Mallorca gewesen. Er tätowiert Totenköpfe und sehr schöne Segelschiffe. Er richtet aus purer Liebhaberei Papageien ab. Er singt mit geschlossenen Augen sentimentale Lieder seiner Heimat und kann, wie mir die versichern, die mehr davon verstehen als ich, Cervantes im Original lesen.
Neulich, Eliacim, unterhielt ich mich eine Weile mit Eusebius W. Clownish, jenem abgemusterten Seemann. Er kam in mein Haus und bot sich an, mich zu tätowieren: einen Anker, eine Blume, was gut zu Damen passe, eine Palme, ein Monogramm. Ich dachte einen Augenblick daran, mein Sohn, mir auf den Bauch die verschlungenen Anfangsbuchstaben E. A. C. tätowieren zu lassen, wi-

derstand dann aber doch, denn genau betrachtet, lag gar kein Grund dafür vor. «Mein guter Matrose, wie haben Sie Ihr Bein verloren?»

«Ach, gnädige Frau, was weiß ich! Die einen sagen, es sei der Eisenbahnzug gewesen, der immer seinen gleichen Weg macht. Die andern sagen, gnädige Frau, es sei ein Lastwagen gewesen, der manchmal, vor allem in den engen Gassen, auf den Bürgersteig hinauffährt.»

Mir, mein Sohn, flößte der abgemusterte Seemann Angst ein. Ich stellte mir vor, es gäbe auf der ganzen Welt nichts Traurigeres, als Eusebius W. Clownish, den abgemusterten Matrosen, der sein Bein auf dem festen Lande verloren hatte.

Ich bereitete ihm ein Tasse Tee.

«Etwas Kuchen?»

«Ja, vielen Dank, gnädige Frau.»

Ich gab dem abgemusterten Seemann einen und einen halben Kuchen, Eliacim,

«Etwas mehr Tee?»

«Ja, vielen Dank, gnädige Frau.»

Der abgemusterte Matrose bediente sich mit einundzwanzig Tassen Tee, Eliacim.

«Eine Zigarette?»

«Ja, vielen Dank, gnädige Frau.»

Der abgemusterte Seemann rauchte alle Zigaretten, die ich im Hause hatte, Eliacim.

«Etwas Gin?»

«Nein, vielen Dank, gnädige Frau. Ich trinke nicht!»

Der abgemusterte Seemann, der ein Bein auf dem Festland verloren hatte, Eliacim, schien mir, wie ich ihn so beobachtete, einige Minuten lang vielleicht etwas weniger traurig zu sein.

167. *Kapitel* 167
Der Durst

Wenn ich unaufhörlich großen Durst hätte, mein Sohn, so würde ich den ganzen Tag trinken. Vielleicht sind dann meine Erinnerungen angenehmer, positiver. Aber natürlich, wie es so geht! Ich habe fast nie Durst, und es kostet mich unermeßliche Mühe, mich zum Trinken zu zwingen. [Und dadurch, Eliacim, durch diesen Mangel an Durst, sind meine Erinnerungen im allgemeinen trostlos, mit schwarz gemaltem Horizont.]
Der Durst, Eliacim, ist das Tau, das die Vorsehung auswirft nach den Zärtlichen, nach den Armen, den Kranken, nach denen, die, wie ich, mit den Schultern zwischen Untätigkeit und Zufälle gezwängt, nur wie durch ein Wunder noch leben. Mich hat die Vorsehung allerdings nicht anerkannt. Durst, mein Sohn, ist ein Wort, das ich mich nicht getrauen dürfte, vor dir auszusprechen. Du, der du Durst leidest, inmitten so vielen Wassers. Aber obschon ich weiß, daß ich dich dadurch verletze, kann ich dennoch nicht schweigen.

168. *Kapitel* 168
Das gewagte Décolleté der Mathilde Help

Mathilde Help, mein Sohn, hat ein gewagtes, tiefes Décolleté, in das die Geschichtswissenschaft hinabglitscht: Alexander, Julius Cäsar, Napoleon, Victor Hugo. Mathilde Help hast du, mein Sohn, nicht mehr kennengelernt. Das ist wirklich ein Jammer. Sie ist die uneheliche Tochter einer polnischen Gräfin, die immer sehr bereit ist, den

Verwahrlosten zu helfen. Der Vater war ein Pilot der RAF, der über Feindesland abgeschossen wurde, und von dem sie niemals wieder etwas hörte.
Mathilde Help, mein Sohn, konnte also ihren Vater nicht kennenlernen, mit dem ihre Mutter sich ohne Zweifel sonst verheiratet hätte. Nun muß sich Mathilde Help damit zufrieden geben, zuzuschauen, wie die Geschichtswissenschaft in ihr tiefes und gewagtes Décolleté hinabglitscht: Hannibal, Christoph Kolumbus, Chateaubriand, Bismarck.
Mathilde Help, mein Sohn, ist schon zwei Jahre alt und spricht mit erstaunlicher Geläufigkeit. Mich erfüllt es immer mit Freude, wenn ihre Mutter, die polnische Gräfin, die immer bereit ist, den Verwahrlosten zu helfen, sie mir zu Besuch ins Haus bringt.

169. *Kapitel* *Schulschluß* 169

Jeden Morgen, Eliacim, lese ich mit großer Ausführlichkeit die Spalten der Lokalnachrichten unserer Zeitung, um zu sehen, wieviele Kinder beim Herausrennen aus dem Schulhausportal verunglückt sind. Wenn es dir vielleicht auch erstaunlich erscheint, Eliacim, fast nie verunglücken Kinder, wenn sie aus der Schule herausrennen. Das ist ein Wunder, das ich mir einfach nicht erklären kann.
Ein Schulschluß, mein Sohn, mit so vielen unbeschützten Kindern in Freiheit, die zwischen den Autos, den Lastwagen umherspringen, ist ein deprimierender Anblick für ein zivilisiertes Land.

Ich weiß nicht, Eliacim, ob es nicht besser und für alle angebrachter wäre, wenn die Autofahrer den sehr strengen und konkreten Befehl erhielten, jeden zweiten Tag einige Kinder anzufahren. Vielleicht würde das dieser widerrechtlichen und sinnlosen Lustigkeit Einhalt gebieten. Die Lehrer haben zur Genüge die Grenzen ihres Könnens bewiesen.

Ich weiß nicht, ob die Herausgeber der Zeitungen in ihrem Herzen unpassende und falsch gedeutete Gefühle von Menschenfreundlichkeit beherbergen und vielleicht anordnen, daß ihre Redakteure alle Notizen über die so erklärlichen Verkehrsunglücke von Kindern in den Papierkorb zu werfen haben. Denn es will mir nicht in den Sinn, mein Sohn, daß nicht jeden Tag beim Herausrennen aus der Schule ein halbes Dutzend Buben und einige Mädchen unter die Autos und Lastwagen geraten und umkommen.

Möglich, daß es besser wäre, wenn das geschähe. Vielleicht aber ist die Stunde schon da, wo man die großen Heilmittel anwenden wird, um den großen Übeln zu begegnen.

170. *Kapitel* 170
Die glimmende Asche im Kamin

Kurz, bevor ich mich schlafen lege, Eliacim, lösche ich meistens das Licht und betrachte eine Weile die Glut im Kamin, diese glimmende Asche in Blau, Orange, Rosa, Grün, Blaß-Violett. Die glimmende Asche, die das Holz hinterläßt, das den ganzen Tag gebrannt hat.

Manchmal, in unglücklichen Nächten, erscheinst du

mir, Eliacim, im letzten Schimmer der glimmenden Asche des Kamins. Du zeigst dich mit geschlossenen Augen und sagst zu mir ein paar Worte in einer fremden Sprache, die ich nicht verstehen kann, in einer fremden Sprache, die womöglich griechisch ist.

An den Abenden, wo das geschieht – es sind leider nicht viele – gehe ich nicht zu Bett, mein Sohn, bis sich die Glut im Kamin in schwarz-graue Asche verwandelt hat, bis sie den Nebelschwaden an einer Mole gleicht, bis sie kalt ist wie jene Hand, der zu begegnen wir stets fürchten. Wenn ich die glimmende Asche des Kamins essen würde, wenn ich sie, Eliacim, aufessen könnte wie Leberpastete oder Butter auf geröstetem Brot, so würde ich mich niemals schlafen legen, ohne zu versuchen, dich aufzuessen, mein Sohn. Selbst wenn du nachher in der mir fremden Sprache in mir reden würdest und die Damen, die mich besuchen kommen, mich für ein Ungeheuer hielten, das griechische Seeleute verschlingt oder griechische Schwammfischer oder griechische Dichter oder nachdenkliche griechische Soldaten in ihren weißen Faltenröckchen.

Aber, Eliacim, wir müssen uns damit zufriedengeben, die glimmende Asche im Kamin nur anzustarren, oft sogar mit Verrat im Herzen, damit sie uns nach und nach diesen glühenden Sohn herausgibt, den alle Mütter verloren haben, vielleicht, damit wir uns schämen sollen, weiterzuleben, schämen, weiter das quälende Schlagen unseres Herzens hören zu müssen.

Die glimmende Asche im Kamin, Eliacim, mit ihrem schwachen Atem, die so trivial dahinwelkt, beunruhigt mich in den Nächten zu Stunden, mein Sohn, wo ich längst von dir träumen sollte, von niemandem sonst, als von dir allein. Die glimmende Asche weigert sich, mich loszulassen, als sei ich Ärmste noch eine wünschenswerte Beute.

171. *Kapitel*
Die Schreibmaschinen 171

Wenn ich ein paar Pounds übrig hätte, Eliacim, so würde ich mir eine Schreibmaschine kaufen und den ganzen Tag lang auf ihre Tasten drücken, auch wenn es in etwas regelloser und willkürlicher Weise wäre.
Ich glaube, Eliacim, die Schreibmaschinen sind die geheimnisvollsten Gegenstände, die es gibt. Sie bewirken die Annäherung von Mann und Frau an die häßlichen Engel, die sich nicht mit ihrem Schicksal abfinden wollen. Wenn ich eine Schreibmaschine besäße, mein Sohn, so würde ich sie jeden Morgen sorgfältig putzen, auf daß mich niemand tadeln könnte, ich vernachlässigte sie.
Und wenn ich wüßte, daß sie verschwiegen wäre und fähig, ein Geheimnis zu wahren, so würde ich meine Briefe auf ihr schreiben, Eliacim, damit sie leichter zu lesen sind und auch, damit du sie von weitem deinen Freunden zeigen kannst.

172. *Kapitel*
Alte Bücher 172

Alte Bücher, mein Sohn, so versichern uns die Sachverständigen, sind wahre Brunnen der Weisheit, die argwöhnisch ihre Wasser bewachen und es nicht an alle ab-

geben, die davon trinken wollen, sondern nur an auserwählte Dürstende, an Durstige, die schon in der Wiege einen Körper aus dem weichen, porösen Holz hatten, aus dem die Weisen gemacht sind.
Die alten Bücher, Eliacim, mit ihren Buchstaben, die verblaßt sind vom Lesen und Wiederlesen, verschließen mit ihrem schmutzigen Aspekt den Eingang zu der tiefen Höhle, in der man die Schlüssel zur Weisheit aufhebt, diese schweren Schlüssel, die nur so wenige auf ihre Schultern zu laden wagen.
Als du auf dem Wege der Weisheit wandeltest, Eliacim, und obschon du eigentlich nichts wußtest, machtest du ein Gesicht, als würdest du eines Tages alles wissen. Damals träumte ich davon, es stünde in meiner Macht, dir eines Tages ein altes Buch schenken zu können, das dir den Schlüssel zu allen Dingen darbrächte, ein altes Buch, das dir auf festgegründetem Fundament die verständlichsten Geheimnisse des Universums vermitteln würde.
Jetzt aber können dir auch die ältesten Bücher nichts mehr nützen, Eliacim, denn auf dem Grunde des Meeres haben sich alle Fragen gelöst, die selbst die alten Bücher nicht aufzuklären wußten.
Ich will nichts mehr von alten Büchern wissen!
Und ich bin drauf und dran zu sagen, daß nichts weiter als peinliche Lügen in ihnen stehen.

173. *Kapitel* 173
Die Hände

Ach, mein Sohn, wenn wir doch wüßten, wozu uns die Hände taugen mit ihren unzähligen Knöchelchen, den

Fingern, den Nägeln, der Handfläche und dem Handrücken. Ach, mein Sohn, wenn wir die Hände doch dazu benützen könnten, um das festzuhalten, was wir niemals davoneilen lassen wollen.
Ach, mein Sohn, wenn uns die Hände wenigstens taugten, um Lebewohl zu sagen. Ach, mein Sohn, wenn die Hände doch nicht so völlig nutzlos wären, so grausam, so unzurechnungsfähig.
Ach, mein geliebter Sohn, wenn die Hände doch aus dem gleichen, weichen Kristall wie das Herz gemacht wären! Die Hände, Eliacim, diese Hände, die ich gerade betrachte, sind so sonderbar, so voll Schrecken, als ob sie die Hände einer Frau wären, die in der französischen Revolution enthauptet wurde. Diese Hände, die ich viele Male im Laufe des Tages wasche, diese Hände, die, da ich sie pflege, noch recht gut erhalten sind. Diese blinden Hände, die einmal dazu dienten, dir die Haare zu kämmen, heute sehe ich sie leblos und ohne Bestimmung.
Wenn man Hände kaufen und verkaufen könnte, mein Sohn, ich würde keinen Augenblick zögern, diese meine Hände gegen andere einzutauschen, die glücklicher sind; gegen andere Hände, die sich zu irgend etwas tauglich fühlten, die notwendig für irgendeine rosenfarbene oder blasse Aufgabe sind.
Aber, Eliacim, unsere Hände haften am Unglück mit der gleichen Zähigkeit, mit der ein ungünstiger Wind in den Segeln eines Schiffes klebt. Wir können sie uns nicht mit einem Beil abhacken, um mit diesem unserem Gift die verhungerten Hunde zu vergiften.
Oder, wenn wir es könnten, Eliacim, und uns nur der Mut, es zu tun, fehlte? Das ist schwer zu sagen!
Die Hände, mein Sohn, taugen nur dazu, sie den ganzen

Tag lang zu betrachten, einmal von oben, einmal von unten. Und wir fühlen uns mit jeder Stunde, die vergeht, mehr als Gefangene ihrer schlechten Absichten, ihrer allerschlechtesten und vorsätzlich bösen Absichten.
Ach, mein Sohn, es ist ein großes Unglück zu wissen, wozu uns die Hände taugen mit ihren hundert Knöchelchen, mit ihren Fingern und Nägeln!

174. *Kapitel* 174
Der Fisch ohne Schuppen

Es war ein Fisch ohne Schuppen, ein glatter, samtweicher Fisch und namenlos wie ein junges Mädchen. Als ich ihn nach Hause trug und daran dachte, mit welcher Freude du ihn ganz langsam gestreichelt hättest, mein Sohn, da befiel mich eine leichte Schwäche, wie ein kaum wahrnehmbares Schwinden der Sinne. Es beglückte mich sehr, warum sollte ich das leugnen?
Der Fisch ohne Schuppen, Eliacim, mein Fisch ohne Schuppen war leuchtend gelb wie eine Apfelsine. Später verlöschte er langsam, wer weiß, ob aus Trauer; wer weiß, ob nicht angesteckt von der Traurigkeit, zu der ich verdammt bin, diese Traurigkeit, die mein orangefarbener Fisch ohne Schuppen nur bisweilen etwas zu dämpfen vermochte.
Auf dem Tischchen am Kamin, Eliacim, lag der Fisch ohne Schuppen. Er glich einem kranken Mädchen, einem sterbenden, kleinen Mädchen, auf dessen zarten Rippen ein Dohlennest lastet, das an die dünnsten Scheidewände seines Herzens geklebt ist.
Ich versuchte, den Fisch ohne Schuppen durch meinen

Hauch wieder zu beleben, Eliacim. Aber der Fisch ohne Schuppen mit seinem weit geöffneten Maul und den ausdruckslosen Augen glitschte mir aus der Hand und brachte sich um, als er gegen den Fußboden schlug. Wahrscheinlich, mein Sohn, tötete er sich gegen den Fußboden schlagend.
[Ich glaube, Eliacim, wäre der Fisch ohne Schuppen gelehriger gewesen, so hätte er nicht den gleichen mittelmäßigen Tod gefunden wie die Selbstmörder, die von hohen Türmen springen, diese sentimentalen Vögel, denen schon auf halben Wege die Luft ausgeht.]
Mein Sohn, ich war sehr traurig über den Tod meines Fisches ohne Schuppen und behielt ihn solange es eben ging, an meiner Seite, solange, bis er sehr schlecht roch und seine schöne leuchtende apfelsinengelbe Farbe verlosch und sich verdunkelte wie die Wut des zahmen Geflügels. Da, Eliacim, hockte ich mich auf den Fußboden, ich weiß wohl warum. Ich wollte nicht, daß mir die Beine zusehr zitterten. Ich warf den Fisch ins Feuer des Kamins, in ein Feuer, das sehr viel länger, als ich dachte, dazu brauchte, ihn zu verzehren.
Der Fisch ohne Schuppen, mein Sohn, knirschte wie ein vor Kälte starres Insekt und verwandelte sich in eine kleine Flamme ohne Farbe, in ein fast unmerkliches Flämmchen.
Und das, weil mein Fisch ohne Schuppen ein glatter Fisch war, Eliacim, ein samtweicher Fisch und namenlos wie ein junges Mädchen, das sich von einem sehr starken Mann umarmt fühlt.

175. *Kapitel*
Die kleine Marmorfigur

175

Du kamst höchst vergnügt heim mit der kleinen Marmorfigur in der Hand, Eliacim. Du wußtest wahrscheinlich nicht, daß diese Marmorfigur mit der Patina vieler Jahre in sich die Seele einer chinesischen Hure aus der Sung-Dynastie umschloß, eines Mädchens, das sehr unglücklich gewesen ist, nachdem es das Glück kennengelernt hatte.
Du wußtest nichts davon, Eliacim, und es war bestimmt nicht ich, die dir das Geheimnis entschleierte. Die kleine Marmorfigur ging später verloren. Sie bewahrte im hintersten, dunkelsten Winkel ihres Bewußtseins die Erinnerung an verschiedene grauenvolle Verbrechen, die von den Schwachen jedes Jahrhunderts begangen worden waren, von den blassen, lächelnden Mördern aller Zeiten.
Du kamst strahlend an mit der kleinen Marmorfigur in der Tasche, Eliacim. Du wolltest, daß ich sie streicheln solle. Ich weigerte mich, trotz deiner Drohungen. Das war ein harter Moment für mich, mein Sohn, sehr hart. Ein Augenblick, der mich ungewöhnlich stark ermüdete. Denn ich mußte mich sehr anstrengen, um nein zu sagen, Eliacim. All deine Bemühungen, mich dazu zu zwingen, die kleine Marmorfigur zu streicheln, waren völlig vergebens. Ich fühlte mich ungemein erleichtert, mein Sohn, als eines Tages, so viel ich auch suchte, die kleine Marmorfigur nicht mehr zu finden war. In diesem einzigen Fall war es ein Glück, daß du nicht mehr bei mir warst. Ich will nicht einmal daran denken, was dir im Nebenzimmer passiert wäre!

Denn du, Eliacim, hattest all deine Liebe an diese kleine Marmorfigur verschwendet, die schließlich verloren ging. Und, mein Sohn, du erwiesest ihr mehr und aufrichtigere Zärtlichkeit als deiner Mutter, die nicht aus Marmor und auch nicht die Seele einer chinesischen Prostituierten aus der Sung-Zeit (960-1279) in sich trägt. Die Hure lebte vor sehr vielen Jahren und hat die Blütezeit der Kunst kennengelernt.

176. *Kapitel* 176
Mir sind deine geheimsten Gedanken wohl bekannt

Mir sind deine geheimsten Gedanken wohl bekannt, Eliacim. Da es aber oft geschah, daß du dir vornahmst, kalt mit mir zu sein, wäre es besser für mich gewesen, ich hätte diese Fähigkeit nicht gehabt, deine Gedanken so zu kennen, als ob sie dir mit Tinte auf der Stirn geschrieben ständen.

Deine geheimsten und verstecktesten Gedanken, mein Sohn, kann man in drei Gruppen zusammenfassen:

a) Gedanken, bei denen du dir einbildetest, deine Vorliebe für alles, was mich umgab, zur Schau zu stellen, um mich dadurch auf eine kalte Insel der Gleichgültigkeit zu verbannen.

b) Gedanken, mit denen du mir zu verstehen geben wolltest, daß ich ein Hindernis in deinem Leben sei und daß du beabsichtigtest, alle Hindernisse mit allen dir zur Verfügung stehenden Mitteln aus deinem Weg zu räumen.

c) Gedanken, in denen du mir ganz offen den Tod wünschstest.

[Diese letzteren Gedanken, Eliacim, quälten dich manchmal förmlich. Dann verhülltest du sie in ein kleines Geschenk: ein paar Blumen, Konfekt, in eine Puderdose.] Ich kenne deine geheimsten und verstecktesten Gedanken, Eliacim. Du kannst dir vorstellen, mit welchem Schmerz ich diese Zeilen schreibe.

177. *Kapitel* 177
In einer Flasche,
die auf dem Meere schwimmt

Wenn ich über das grüne Meer schaue, Eliacim, glaube ich immer Flaschen umherschwimmen zu sehen, Flaschen, in derem Bauch verzweifelte Nachrichten verborgen sind.

In einer Flasche, die auf dem Meer schwimmt, könnten deine letzten fünf oder sechs Worte sein, Eliacim, Worte, die du mir nur ins Ohr hättest flüstern können, wenn niemand sonst im Zimmer ist, wenn niemand uns mit seiner Gegenwart störte.

Flaschen, die ein Lächeln umschließen, werden von den Schiffbrüchigen in die aufgewühlten Wasser des Meeres geworfen, Eliacim. Und wie die Jahre über sie hingehen, verwandeln sich die Flaschen in Haifischweibchen, in wilde Haifischweibchen, die behende und blutgierig sind.

Es gibt Flaschen, mein Sohn, die immer noch umherschwimmen und niemals an irgend einem Strande landen, Flaschen, auf denen schwere Flüche lasten, weil ihnen noch nicht erlaubt wurde, sich allmählich in Haifischweibchen zu verwandeln nach dem uralten Gesetze der Meere.

Ich weiß nicht, Eliacim, ob es auf Erden irgendwo eine Sammlung dieser Flaschen der Seeleute gibt, dieser Flaschen, die dazu dienten, ein Weilchen noch die kleine Flamme der Illusion in den so sehr enttäuschten Herzen lebendig zu erhalten. Wenn es aber solch eine Sammlung gibt, mein Sohn, und ich davon erfahren sollte, so würde ich schleunigst zum äußersten Ende der Welt reisen, um sie mir anzusehen und ihren Besitzer zu umarmen. Vielleicht ist er ein Greis, dem es Freude bereitet, die phantastischsten und unwahrscheinlichsten Hochwildjagd-Geschichten zu erzählen.

178. *Kapitel* 178
Der Eisberg

Mein geliebter Sohn:
Ohne Kompaß fahrend, jagt der Eisberg mit dir obendrauf mit unglaublicher Schnelligkeit dahin.
Der Eisberg mit dir obendrauf jagt mit unglaublicher Schnelligkeit dahin, ohne Kompaß fahrend.
Mit dir obendrauf und ohne Kompaß fahrend, jagt der Eisberg mit unglaublicher Schnelligkeit dahin.
Mit unglaublicher Schnelligkeit jagt der Eisberg mit dir obendrauf dahin, ohne Kompaß fahrend.
Ohne Kompaß fahrend, jagt der Eisberg mit unglaublicher Schnelligkeit dahin, mit dir obendrauf.
Der Eisberg mit dir obendrauf, ohne Kompaß fahrend, jagt mit unglaublicher Schnelligkeit dahin.
Mit dir obendrauf, jagt der Eisberg mit unglaublicher Schnelligkeit dahin, ohne Kompaß fahrend.

Mit unglaublicher Schnelligkeit jagt mit dir obendrauf der Eisberg dahin, ohne Kompaß fahrend.
Ohne Kompaß fahrend, mit dir obendrauf, jagt der Eisberg mit unglaublicher Schnelligkeit dahin.
Der Eisberg jagt mit unglaublicher Schnelligkeit dahin, mit dir obendrauf und ohne Kompaß fahrend.
Mit dir obendrauf, jagt mit unglaublicher Schnelligkeit und ohne Kompaß fahrend, der Eisberg dahin.
Mit unglaublicher Schnelligkeit jagt, mit dir obendrauf und ohne Kompaß fahrend, der Eisberg dahin.
Ohne Kompaß fahrend, jagt mit unglaublicher Schnelligkeit der Eisberg dahin, mit dir obendrauf.
Der Eisberg jagt mit unglaublicher Schnelligkeit, ohne Kompaß fahrend, mit dir obendrauf, dahin.
Ohne Kompaß fahrend, mit dir obendrauf, jagt mit unglaublicher Schnelligkeit der Eisberg dahin.
Mit dir obendrauf, jagt mit unglaublicher Schnelligkeit der Eisberg dahin, ohne Kompaß fahrend.
Mit unglaublicher Schnelligkeit jagt der Eisberg dahin, ohne Kompaß fahrend und mit dir obendrauf.
Der Eisberg, ohne Kompaß fahrend und mit dir obendrauf, jagt mit unglaublicher Schnelligkeit dahin.
Mit dir obendrauf und ohne Kompaß fahrend, jagt der Eisberg mit unglaublicher Schnelligkeit dahin.
Mit unglaublicher Schnelligkeit jagt dahin, ohne Kompaß fahrend, der Eisberg, mit dir obendrauf.
Ohne Kompaß fahrend, jagt, mit unglaublicher Schnelligkeit, mit dir obendrauf, der Eisberg dahin.
Der Eisberg, ohne Kompaß fahrend, jagt mit unglaublicher Schnelligkeit mit dir obendrauf dahin.
Mit dir obendrauf und ohne Kompaß fahrend, jagt mit unglaublicher Schnelligkeit der Eisberg dahin.

Mit unglaublicher Schnelligkeit jagt, ohne Kompaß fahrend und mit dir obendrauf, der Eisberg dahin.
Ich erinnere mich genau, daß dich, Eliacim, die Eisberge sehr aufregten, ebenso ihre Reiserouten, Fotographien von ihnen, ihre Angewohnheiten, die Flora und Fauna auf den Eisbergen, der weißen, blaßrosa und hellblauen Eisberge, die wie fortgelaufene Bräute auf den arktischen Meeren umherspazieren.

179. *Kapitel* 179
Der Geizhals

I
Mit seinem Stäbchen aus Nardenholz in der Hand, Eliacim, und seiner Hornbrille mit den dicken Gläsern, verhält sich der Geizhals ganz ruhig, um nur ja nichts vergeuden zu müssen, während seine Söhne von den belegten Broten des Leichenschmauses träumen, von den überströmend herzlichen, von den ernst gemeinten Glückwünschen bei der Beerdigung.
Der Geizhals, Eliacim, hat eine durchsichtige Haut wie ganz kleine Kinder und den Kopf voll emsiger Würmer, bewandert in den verschiedensten Berufen. Sie sind Schmiede, Schreiner, Totengräber, Holzfäller, Fischer und Kaminfeger.
Mit seinen Flügelchen an den Fußknöcheln wie Merkur, Eliacim, und seiner Mütze aus fadenscheinigem, grünem Samt, die bestickt ist mit goldenen Eichenblättern, bewegt sich der Geizhals mit äußerster Vorsicht, mein Sohn, um nur ja nichts zu vergeuden. Währenddessen verprassen die Straßenkinder böse Gefühle, laufen und

springen und schreien pausenlos unter seinem Fenster. Der Geizhals, Eliacim, hat tränende Augen wie kranke Katzen und in der Brust wohlbekannte Geräusche, Abbilder aller gewesener Sensationen, die er höchst sorgfältig aufhebt für die langen und unsicheren Jahre des Alters. Mit dem Sternchen, das ihm auf die Stirn gemalt ist, Eliacim, mit seinen prächtigen Pantoffeln, die allerdings schon etwas abgetragen sind, starb der Geizhals, mein Sohn, ohne daß es irgendjemand merkte.

II

Mir hätte es gefallen, wenn du ein Geizhals gewesen wärest, Eliacim. Ein alter Geizhals, reich an Jahren und an Schätzen, wie der Geizhals, der neulich starb, ohne daß es irgendjemand merkte. Er öffnete damit ein Ventil der Freude für alle, die mit ihm zusammengelebt hatten.

180. *Kapitel* 180
Der verwunschene Garten

Wenn du dich verirrt hättest in einem verwilderten Garten, Eliacim, in einem schattenreichen Garten voll Weiden und Wacholder, so würde ich nicht müde werden, dich zu suchen, mein Sohn. Ich würde dich mit Laternen suchen, mit einer Haselgerte, die Wasseradern und verborgene Schätze zu entdecken vermag. Ich würde dich suchen mit einer schüchternen und unverwüstlichen Hoffnung, bis ich dich endlich fände, vielleicht in eine Pflanzenfaser verwandelt.
Wie glücklich die Mütter, die ihre Söhne in verwilderten Gärten verlieren, Eliacim! In den Gärten voll von Schat-

ten und Worten, denen niemand zuhört. Diesen Müttern, mein Sohn, bleibt der Trost, weiter suchen zu können, ewig weiter suchen zu können, ohne Rast zu suchen mit der Hoffnung, an irgendeinem Tage unvermutet das eigene Herz betasten zu können.
Nicht weit entfernt von dem Hause, in dem ich geboren wurde, Eliacim, gab es einen verwilderten Garten, einen schattenreichen Garten voll Weiden und Wacholder. In dem gingen die Mütter umher, die ihre Söhne verloren hatten und hielten sinnlose Selbstgespräche vom Morgen bis zum Abend, ohne daß sich auch nur irgendwer ihnen näherte und sie fragte, ob sie etwas brauchten.
[Ich war noch ein sehr kleines Mädchen, Eliacim, und ich lachte voller Gift und schlief ein, indem ich heiße Gedanken an sie verschwendete.]
Die Strafe Gottes, Eliacim, war schlimmer, als ich erwartet hatte, mein Sohn. Nach so viel eitler Hoffnung, blieb mir nicht einmal ein verwilderter Garten, in dem ich ruhelos vom Morgen bis zum Abend nach dir suchen könnte mit Laternen, mit der Wünschelrute, die Wasserläufe und verborgene Schätze ausfindig macht, und mit einer schüchternen, untilgbaren Hoffnung im Herzen.

181. *Kapitel* 181
Bienenhonig

Dein Entschluß, mein Sohn, schien aus anderen Flußbetten hervorzugehen, aus härteren, tapfereren, gewalttätigeren. Aber trotz deines ganz offensichtlich festen Entschlusses ließest du dich herab zu sagen: «Von Morgen ab muß ich zum Frühstück Bienenhonig haben! Das ist ein Produkt, das den Organismus kräftigt und das Leben verlängert.»

«Gut, mein Sohn, du kannst Bienenhonig zum Frühstück haben!»

Und damit war's beschlossen.

Du wurdest den Bienenhonig bald leid, Eliacim, wahrhaftig! Der Bienenhonig schmeckt widerlich und liegt schwer im Magen. Der Bienenhonig ist zu natürlich, zu elementar für einen Stadtmenschen.

Ich wollte dir nicht sagen: «Na, da hast du's! Habe ich es dir nicht gesagt, [So hätte ich sagen können!] daß es so enden würde mit dem Bienenhonig?» Ich wollte es nicht sagen, mein Sohn, aus zwei Gründen:

Erstens, um zu vermeiden, daß du mir eine zornige Antwort gäbest. Eine häßliche Angewohnheit, die ich auf jede Weise versuchte, dir abzugewöhnen. Und zweitens, weil ich, mein geliebter Sohn, immer, immer geschwiegen habe in allen Fällen, wo ich vermutete, es könnte dich verletzen.

Der Bienenhonig ist etwas viel Stärkeres, Kompakteres und Reichhaltigeres als die Seele eines Stadtjungen, auch wenn dieser Stadtjunge, mein Sohn, manchmal, wie du damals, sportlichen Ehrgeiz hat.

Der Bienenhonig, Eliacim, ist die Nahrung der braunen, plumpen Waldbären, der schmutzigen, plumpen Holzfäller des Waldes, der grausamen, plumpen Bärenjäger der Wälder. Und niemals, mein Sohn, Nahrung der Jünglinge, die manchmal aufmerksam Lord Byron lesen.

Es gab noch sehr viele Dinge, die du hättest lernen müssen, Eliacim. Ich glaube, deine Fahnenflucht war ebenso vorschnell wie verfrüht.

182. *Kapitel*
Ein völlig uninteressantes Begräbnis

Ich kann dir versichern, Eliacim, daß es ein völlig uninteressantes Begräbnis war, ein langweiliges, graues Begräbnis, wie ein Winternachmittag, ein Begräbnis mit zu viel Kälte und zu wenig Rührung.
Allerdings, um bei der Wahrheit zu bleiben, die Leiche war es auch nicht der Mühe wert. Aber, wenn es auch so war, so meine ich, hätte man mehr daraus machen können, wenn sich die Familie nur ein klein wenig angestrengt hätte. Sie tat es jedoch nicht.
Wenn du noch zu Hause gewesen wärst, Eliacim, hättest du an meiner Statt an der Beerdigung teilgenommen. Das Dumme ist nur, du wärst heimgekommen wie gerädert und völlig deprimiert und hättest dich sicherlich im Recht gefühlt, mich zu rügen, weil ich dich darum gebeten hatte, an dieser langweiligen und unbedeutenden Beerdigung teilzunehmen.
Pech, mein Sohn, Pech! Aber ich glaube, daß weder du noch ich die Schuld daran tragen, daß die Beerdigung des Mr. Quaking ein so langweiliges Begräbnis wurde. Du hättest es dir denken können!
Trotz alledem, Eliacim, trotz alledem!
Ich kann dir versichern, Eliacim, wie ich dir schon sagte, war es ein uninteressantes Begräbnis, ein langweiliges, respektloses Begräbnis wie die Rede eines Ministers, eine Beerdigung ohne Charme und ohne irgendwelche vornehmen Teilnehmer.
Er ist schon angemeldet, der arme Mr. Quaking! Ich sage dir, sie werden ihn im Jenseits genauso empfangen, wie man ihn hier verabschiedet hat, Eliacim!

183. *Kapitel* 183
Buntfotographien

Wenn ich deine Buntfotographien ansehe, Eliacim, eine Wiese voller weißer und gelber Margeriten, eine Fuchsstute mit ihrem Fohlen an der Seite, ein junges Mädchen in einem Kretonne-Kleid, dann muß ich immer lachen. Als ob ich – ach, ich Arme! – sehr erfahren in dieser Kunst sei.
Deine Farbfotographien, Eliacim, deine Buntfotos in künstlichen und konventionellen Farben, mein Sohn, erscheinen, wenn man sie gegen das Licht hält, wie gepreßte Blumen, wie Pflanzen, die nie das Tageslicht gekannt haben, wie die Blumen, die wir täglich sehen, wie die Gartenblumen. Sie gleichen Blumen, die im Gewächshaus gezogen, durch Doppeltüren vor Zugluft geschützt werden und gepflegt von den tüchtigsten Präparierern, jenen Menschen mit eisernen Gefühlen, die nichts wissen von der Farbe der Nachgiebigkeit, der sanften Farbe der Herzensgüte.
Deine Buntfotographien, mein Sohn, deine treuherzigen Farbfotos, mit denen du die einfältigen Mädels der Nachbarschaft so gut unterhalten hast, die verwahre ich, Eliacim, mit sieben Schlüsseln, damit ich mich nicht genötigt fühle, zu lachen, wenn ich sie ansehe.

184. *Kapitel* 184
Jener große Krug, der in tausend Stücke zersprang

Ich schätzte jenen Krug sehr hoch, der am Jahrestag deines Todes, mein Sohn, in tausend Stücke zersprang, trotzdem ihn niemand angerührt hatte. Er war nicht wertvoll, ich weiß, hatte aber eine schöne Form, war bemalt mit einem Paradiesvogel, der sieben regenbogenfarbige Federn am Schwanz hatte. Das gab dem Krug ein gewisses Ansehen, eine glänzende und stolze Aufmachung.

Anfangs hatte ich vor, die Stücke aufzuheben, um den Krug wieder zusammenzuleimen, eine Scherbe an die andere mit größter Vorsicht. Dann, als ich merkte, daß es unmöglich sein würde, ihn zu reparieren, entschloß ich mich, die Scherben fortzuwerfen, eine um die andere in den Abfalleimer. Zuletzt aber, Eliacim, sammelte ich eine Scherbe nach der andern auf, wickelte sie einzeln in Seidenpapier ein und versteckte alles in eine Schublade meines Schrankes. Niemand beobachtete mich dabei, und so brauchte ich keine Erklärungen abzugeben über Dinge, die niemanden etwas angehen.

Jedesmal, wenn sich dein Tod jährt, Eliacim, und auch an den übrigen Tagen, an denen ich mich noch einsamer fühle als gewöhnlich, schließe ich mich in mein Zimmer ein, irgendein Liedchen leise vor mich hinträllernd als Täuschungsmanöver. Dann öffne ich den Schrank, betrachte und streichle eine um die andere der tausend Scherben jenes schönen Kruges, der am ersten Jahrestage deines Todes zerbrach, ohne daß ihn jemand angerührt hätte. [Ich habe die Beobachtung gemacht, Eliacim, daß die Scherben des Kruges warm sind, sogar sehr heiß an den Jahrestagen deines Todes. Dann werden sie nach und nach immer kälter bis zum Todestag im nächsten Jahr, wo sie wieder Fieber haben. Vielleicht, mein Sohn, ist das eine übersinnliche Erscheinung. Jedenfalls kann ich es mir nicht erklären.]

Die große Vorliebe ist mir vergangen, die ich für diesen Krug hatte, der am ersten Jahrestag deines Todes, mein Sohn, in tausend Stücke sprang, ohne daß ihn irgend jemand angefaßt hatte.
Jetzt habe ich eine große Vorliebe für seine Scherben!

185. *Kapitel* 185
Schwedische Zündhölzchen

Auf der ganzen Welt sind die schwedischen Zündhölzchen berühmt, Eliacim, die Zündhölzchen, die niemals versagen. Wenn ich Gelegenheit gehabt hätte, dir eine Schiffsladung von schwedischen Streichhölzern zu schenken, Eliacim, so kannst du sicher sein, daß ich sie nicht verpaßt hätte. [Jetzt denke ich manchmal: was hättest du, Eliacim, mit einem Schiff voll schwedischer Zündhölzer gemacht? Wie gräßlich! Du hättest der Generalvertreter für schwedische Zündhölzchen in London werden können, einen ganzen Tag lang. Verbraucht London wirklich eine ganze Schiffsladung schwedischer Streichhölzer täglich? Ich weiß es nicht.]
Die schwedischen Zündhölzchen, mein Sohn, haben einen wohlverdienten Kredit auf dem Weltmarkt, auf allen Märkten der fünf Kontinente. Trotz der Gerüchte, die seit einigen Jahren hartnäckig zirkulieren, du warst noch sehr klein damals, Eliacim, haben die schwedischen Zündhölzer einen wohlverdienten Kredit auf dem Weltmarkt. Und was noch wichtiger ist: sie verstehen, ihn sich zu erhalten.

186. *Kapitel* **186**

Das Brot, welches wir essen

Der Mensch pflügt und düngt die Erde, sät und jätet, mäht das Getreide, mahlt das Korn, rührt das Mehl zu Teig, bäckt das Brot und verkauft es uns. Welch große Torheit!

Das Brot, mein Sohn, ist das feststehende und abgedroschene Symbol der Nahrung. Die Seele des Menschen ist kein Allesfresser, Eliacim. «Wir wollen Brot!» schreien die Hungrigen. «Ich verdiene mir mein ehrlich Brot», sagen die armen Beamten. «Ich gebe dir Brot», verkündet das Belagerungsheer der eingeschlossenen Stadt, «wenn du dich zu der und der Frist ergibst. Wenn nicht, so gebe ich dir Eisen, riesige Wolken von Eisen.»

[Das Eisen ist in gewissem Sinn das feststehende und abgedroschene Symbol für Tod und Vernichtung.]

Das Brot, das wir essen, mein Sohn, ist ein schmutziges Produkt der Propaganda, schädliche Kost für den Körper und für das Gedächtnis, für das Verständnis und den Willen.

Die großen Männer, Eliacim, haben nie Brot gegessen, oder wenn sie es aßen, so immer nur unter größter Vorsicht und mit Maß. Denn das Brot, mein Sohn, stumpft die Gefühle ab. Manchmal sogar vergiftet es den Organismus und treibt die Menschen zum Wahnsinn. Die Fälle, wo das Brot Allergien hervorruft, Ekzeme, die sich von den Armen bis zu den Beinen ausbreiten, sind auch nicht selten.

Das Brot, das wir essen, Eliacim, sollten wir nicht essen. Der zukünftige Gesetzgeber sollte den Konsum von Brot verbieten.

187. *Kapitel*
Völlerei

187

Du zeigtest eine gewisse Neigung zur Völlerei, Eliacim, eine gewisse Vorliebe, die mir keineswegs schlecht dünkte. Die Erziehung unserer Kinder, Eliacim, so denke ich, muß in ihnen ernste Schäden hinterlassen, wenn man ihnen die Normen einschärft für das, was sie, falls sie es nicht beizeiten selbst herauskriegen, später völlig ohne Ordnung und ohne Nutzen für irgendwen eingetrichtert bekommen.

Nach den anspruchsvollen Vorschriften der Nonkonformisten, Eliacim, ist es hochgradig lehrreich, außerordentlich bildend, zu leben. Den Menschen, die zu den höchsten Ämtern aufsteigen, merkt man meistens diese heilsamen Prinzipien an, diese Normen starrer, intoleranter Unfähigkeit, sich anzupassen, diese Normen rigoroser und beinah grausamer Gewaltherrschaft.

Es wäre interessant, eine Statistik aufzustellen über den Zusammenhang zwischen den Geduldigen und den Schlemmern und den Ämtern, die sie in der Gesellschaft bekleiden. [Auch kann man natürlich den Prozeß anders herum aufrollen, das ist klar. Aber ich glaube, Eliacim, daß die Macht weniger die Schlemmer vergewaltigt, als die Völlerei ihrerseits die Macht. Das wäre möglicherweise eine Frage, die es wert ist, sich eingehender mit ihr zu befassen.] Der Schlemmer, Eliacim – und du warst auf dem Wege, einer zu werden –, trägt einen Spiegel im Herzen, um in seinem eigenen Stolz die Welt der andern zurückstrahlen zu können. Derjenige, der mit allem zufrieden ist, mein Sohn, auch wenn es den Menschen, die sich mit diesem Problem wenig beschäftigen, nicht so

vorkommen mag, trägt eine stachlige Distel und einen gefährlichen Seeigel im Herzen.
Mich hätte es sehr stolz gemacht, Eliacim, dich zu einem Schlemmer zu erziehen, zu einem Mann, der mit hoch erhobenem Haupt und niemanden anblickend auf der Straße geht, so daß die Leute ausrufen: «Seht mal an, da geht ein Schlemmer. Das erkennt man gleich an seinem Auftreten, an seiner Art zu schreiten, an dem gewissen Etwas, das die echten Schlemmer auszeichnet!» Aber, mein Sohn, es ist immer dasselbe! Ich muß mich damit abfinden, dich als einen Helden zu wissen. Was kann ich dagegen machen?

188. *Kapitel* 188
Ein Blutfleck auf dem Kopfkissen

Mein Sohn, auf dem Kopfkissen deiner Mutter ist jeden Morgen ein Blutfleck zu sehen. Obwohl ich mich anfangs darüber aufregte, da ich seinen Ursprung nicht erraten konnte, empfinde ich ihn, seitdem ich Bescheid weiß, eher als treuen Begleiter. Das Blut auf dem Kopfkissen deiner Mutter, mein lieber Sohn, ist aus der Lunge. Ich huste im Schlaf und spucke Blut. Es ist nur ein kleiner, ovaler Fleck, der trocken und dunkel ist, wenn ich aufwache.
Der Arzt gab mir nach der Untersuchung sehr wenig Hoffnung, Eliacim. Aber ich habe mich schon vertraut mit dem Gedanken gemacht, daß ich nicht mehr viele unnütze Jahre ohne Sinn zu leben habe.
Der Blutfleck auf meinem Kopfkissen, mein Sohn, ähnelt dir. Ich fragte einige Menschen um Rat, die sich rühmen,

dich gut gekannt zu haben. Ich mußte mit Kummer feststellen, Eliacim, daß alle langsam vergessen haben, wie du wirklich ausgesehen hast, wie dein Profil war, der Schnitt deines Gesichtes, die Zeichnung des unordentlichen Haarschopfes, der dir meistens über die Stirn fiel. Deine Bildnisse, aus Blut, Eliacim, schneide ich vorsichtig aus, und damit sie nicht ausfransen, umsäume ich die Läppchen. Das beschäftigt mich jetzt oft den ganzen Tag.

In meinem Testament, mein Sohn, habe ich eine Klausel angefügt, die bestimmt, man möge mich in ein Leichentuch einhüllen, das aus all den Bildnissen von dir, die ich morgendlich ausspucke, zusammengenäht ist.

Es ist ziemlich viel Arbeit, ich weiß. Aber ich will dem, der sich dazu hergibt, mich zufriedenzustellen, fünfundzwanzig Pfund hinterlassen. Es wird sich schon jemand finden. Und niemand wird sagen können, daß ich auch nur ein Stückchen von dem, was ich auf Erden am meisten geliebt habe, zurückließ, Eliacim. Nämlich diese Schattenrisse von dir, die ich für dich drinnen in meinen Venen herstellte, Nacht für Nacht.

189. *Kapitel* 189
Der sentimentale Schneider

In der Nähe unseres Hauses, Eliacim, hat sich ein syrischer, sehr sentimentaler Schneider niedergelassen. Er weint, wenn es kalt ist und verschenkt Glockenblumen an die jungen Mädchen, wenn der Frühling kommt. Seine Preise, mein Sohn, sind nicht etwa niedrig, sondern eher viel höher als die der andern Schneider. Aber die

Leute haben ihn gern, denn er ist sehr gut und sehr sentimental. So wächst seine Kundschaft ständig.
Der syrische Schneider, mein Sohn, heißt Joshua und hat eine schwarze, stark glänzende Haarmähne, die ihm über die Schultern herabfällt, als sei sie schlechter Laune ... Joshua, mein Sohn, hat ein Holzbein. Aber er will nicht sagen, wo er sein Bein verlor, auch nicht wie und nicht wann. Ich denke mir, Eliacim, daß Joshua nur mit einem Bein zur Welt kam. Denn wenn irgendjemand sagt: «Joshua, wo und wie und wann sind Sie lahm geworden?» Dann fängt er ebenso untröstlich an zu weinen, wie wenn es kalt ist.
Neulich, Eliacim, sprach ich mit Joshua vom Ägäischen Meer. Da fing er auch an zu weinen. Um ihn zu trösten, bestellte ich bei ihm ein in loser Form geschnittenes Kostüm. Aber heute morgen, als ich zur Anprobe hinging, merkte ich, daß er meine Maße schlecht genommen hatte. Und wieder fing er an zu weinen. Joshua, mein Sohn, ist ein syrischer Schneider, der so sentimental ist, daß er die Hälfte seines Lebens nur weint.
«Macht es Ihnen etwas aus, wenn das Kostüm zu eng ist?»
Deine Mutter, mein Sohn, ist aus dem Alter der Koketterie heraus, schon seit mehreren Jahren.
«Gut, wenn's nicht zu viel ist!»
Joshua fing wieder an zu weinen.
«Doch, gnädige Frau, es ist viel zu eng. Ach, welch riesiges Unglück lastet auf mir!»
Ich versuchte, ihn zu trösten, Eliacim.
«Regen Sie sich nicht auf, Joshua. Mir ist es gleich, wenn das Kostüm mir zu eng ist. Ich wollte Ihnen ja nur helfen, denn sie sind ein sehr sympathischer Schneider.»

Joshua warf sich auf den Boden und erstickte fast an seinen Tränen.
«Oh, immer Mitleid, immer Mitleid! Und nie die Würdigung meiner Kunst!»
Eliacim, ich bezahlte ihm das Kostüm und ließ es in seinem Laden. Wahrhaftig, selbst wenn ich zwanzig Pfund weniger wiegen würde und zwanzig Zoll kleiner wäre, hätte ich doch nicht in das Kostüm hineingepaßt!

190. *Kapitel* 190
Laß sehen, laß sehen!

Wenn du zu mir sagtest: «Laß sehen, laß mal sehen!», fühlte ich einen großen Zorn in mir aufsteigen, auch wenn du mir höchst ehrbietig zeigtest, was du gerne sehen wolltest. Es war ein Glück für dich, mein Sohn, daß ich im Zorn nie heftig wurde, was ich sicherlich nachher bereut haben würde. Damals hatte ich nämlich ungeheuer viel Kraft, eine Kraft, die fähig war, einen Stier mit wenigen Püffen niederzuwerfen.
Die Neugierde, die du für alles bekundetest, mein Sohn, diese krankhafte Neugierde, die du für alles an den Tag legtest, nur nicht für die Dinge, die mich betrafen, diese Neugierde, Eliacim, drohte dich eines Tages zu zerstören.
Ich hatte es schon aufgegeben, dir meinen Standpunkt klar zu machen. Denn ich wußte zur Genüge, daß du mit deinem ungebärdigen Charakter die Ratschläge ja doch nicht annahmst, mochten sie auch noch so vernünftig und weise sein. [Dein Charakter, mein Sohn, war immer so sanft und gütig, daß du selbst jetzt mich nicht unter-

brichst mit einem: Laß sehen, laß mal sehen, wo ich es noch immer leugne, daß ich absichtlich lüge, mein geliebter Sohn!]

Ich begreife es gut, Eliacim, daß die jungen Leute den Wunsch haben, etwas zu lernen, daß sie sich danach sehnen, alles aufzuklären und zu entziffern, was sie umgibt, all das, was sie täglich neu entdecken. Deshalb fragtest du andauernd: «Laß sehen, laß mal sehen!» Aber es würde mir auch lieb sein, wenn man mich verstände, wenn die jungen Leute deiner Art, Eliacim, sich klarmachten, daß dieses impertinente: Laß sehen, laß sehen, einen Heiligen schließlich dazu treiben kann, die Geduld zu verlieren.

Wenn du, mein Sohn, sagtest: «Laß sehen, laß mal sehen!», einen beseligten, prickelnden Ausdruck im Gesicht, dann hatte ich oft Lust, dich zu ertränken oder dich wenigstens aus dem Hause zu weisen, damit du dich endlich dem harten Leben gegenübergestellt sähest.

Mit beispielhafter Gesetzmäßigkeit rettete dich stets die große Zärtlichkeit, die deine Mutter immer für dich fühlte. Sogar manchmal gegen unsern speziellen oder unsern gemeinsamen Vorteil, der doch für uns beide wichtiger als alles andere auf der Welt sein sollte.

Aber, verstehe es recht, mein Sohn, die Jugend wird zuchtlos, wenn man sie nicht kurz hält, wenn man sie nicht mit fester Hand lenkt.

Und das ist die Pflicht einer Mutter, Eliacim, auch wenn es wie in meinem Fall eine schmerzhafte und schwer zu erfüllende Pflicht ist. Man darf sie nicht geringer schätzen als jede andere Erwägung. Weil das so oft vergessen wird, treiben die Angelegenheiten der Menschheit dem

Abgrund zu, mein Sohn, zerschellen an den steilen Hängen der Kriege und anderer Strafen Gottes.

191. *Kapitel* 191
Ich bin verzweifelt, obgleich nicht mit Begeisterung verzweifelt

Ich denke, es muß schrecklich sein, sich mit Begeisterung verzweifelt zu fühlen. Sich verzweifelt zu fühlen, Eliacim, mit allen Ritzen der Illusion verstopft mit dem Werg des Hasses, Eliacim, hermetisch abgedichtet mit der klebrigen, undurchläßigen Paste des Hasses.
Aber ich, mein Sohn, obgleich ich verzweifelt bin, fühle zum Glück keine begeisterte Verzweiflung. Ich bin nicht mit Würde verzweifelt und ohne Erbarmen, wie es die hohen Meereswogen sind oder der Wind, der sich zwischen die Berge duckt oder der eigenbrödlerische Steinmarder, der seine Leprastellen an der rauhen Rinde der Waldbäume reibt.
Wenn Mütter wie ich ohne Familie zurückbleiben, so erreicht ihre Verzweiflung, Eliacim, doch nie die sublimen Schattierungen, die vornehmen Akzente der Verzweiflung verlassener Jungfrauen, nicht die von Herzen, die begeistert verzweifeln, Eliacim, wie die betrunkenen Ballett-Tänzer, welche die Polizei beschuldigt, deutsche Spione gewesen zu sein.
Ja, Eliacim, ich bin verzweifelt, im Geheimen und demütig verzweifelt. Aber es gibt mir großen inneren Frieden zu wissen, daß ich nicht mit Begeisterung verzweifelt bin, wie die alten Schmetterlinge, die keinen geeigneten Winkel mehr finden, um ihren Kokon aus weicher Seide

zu spinnen und die an der Sonne verblassen wie bunte Stoffe, während der Mond seine friedliche Bahn zieht.

192. *Kapitel* 192
Drei dicke türkische Damen

Sich an den Händen haltend, Eliacim, gehen die drei dikken türkischen Damen einkaufen. Die dicke türkische Dame Nummer Eins kauft sich einen Hüftgürtel aus Gummi. Die dicke türkische Dame Nummer Zwei kauft sich ein Paar Lackschuhe und einen Hüftgürtel aus Gummi. Die dicke türkische Dame Nummer Drei – sie war ohne Zweifel die reichste unter ihnen – kaufte sich eine hochmoderne Handtasche, Lackschuhe mit silberner Schnalle und einen Hüftgürtel aus Gummi.
Die drei dicken türkischen Damen gingen Hand in Hand schweigend umher, so scheu vielleicht, weil sie Angst hatten, von einem Auto oder einem Motorrad überfahren zu werden, während sie einkaufen wollten, Eliacim.
Letzte Nacht, mein Sohn, träumte mir von den drei dikken Damen. Ich glaubte, sie seien Türkinnen, bis mir jemand, der besser Bescheid wußte als ich in der beinah geheimen Wissenschaft der Rassenstudien, versicherte, sie seien aus dem Jebala in Marokko. Eine hieß Amina, was die Treue bedeute. Die andere Zohora, das sei die Reine. Und die dritte nenne sich Aixa, was dasselbe bedeutet wie die Vitale.
Logischerweise, Eliacim, begnügte sich Amina mit einem Hüftgürtel aus Gummi. Zohora entschloß sich zu den Schuhen, und Aixa war die dickste und reichste von ihnen. Nicht wahr, Eliacim, es ist wie ein Märchen?

Wenn ich einmal wieder von den drei dicken türkischen Damen träumen sollte, die Hand in Hand einkaufen gingen, Eliacim, so verspreche ich dir, dich auf dem laufenden zu halten über das, was geschieht. Du mußt Vertrauen zu mir haben, mein Sohn. Du weißt ja, daß ich immer zu meinen Worten stehe.

193. *Kapitel* 193
Der alte granatfarbene Seidenvorhang

Der alte granatfarbene Seidenvorhang, in dem ich mir die Tränen trockne, Eliacim, fängt an einigen Stellen an zu zerschleißen. Und, Eliacim, das läßt sich nicht leugnen, er war ja schon sehr alt, als du zur Welt kamst. Denn ich besinne mich auf ihn bereits aus dem Hause meiner Mutter. Aber ich kann mich einfach nicht an den Gedanken gewöhnen, daß er vor mir sterben könnte. Ich versuchte immer, mich glauben zu machen, daß er ewig hielte und selbstverständlich länger als ich selbst. Wie langweilig, Eliacim, zu denken, daß alle Dinge sterben und vergehen, ausnahmslos! Hinter unserem alten granatfarbenen Seidenvorhang verstecktest du dich, Eliacim, als du klein warst und Gespenster spieltest. Ich mußte dann so tun, als könne ich dich nicht finden und als ob ich mich sehr fürchtete vor den seltsamen Geräuschen, die überall im Hause zu hören waren. Was für Zeiten damals, Eliacim! Verzeih, aber wie nah kommen sie mir noch vor!
Man merkt, daß die Stunde unseres alten granatfarbenen Seidenvorhangs gekommen ist, Eliacim. Er fängt an verschiedenen Stellen an zu zerreißen. Ich sagte zu ihm:

«Reg dich nicht auf. Wie alt du auch sein magst, ich gebe dich nie von mir.» Und ich fragte den Vorhang: «Nicht wahr, du willst lieber in diesem Hause bleiben, auch wenn heute in diesem Hause nicht mehr die Freude herrscht wie in früheren Zeiten?»
Aber der alte granatfarbene Seidenvorhang, Eliacim, unsere alte Gardine, vielleicht stumm vor Schrecken, antwortete mir nicht. Mag sein, sie versteht kein Englisch. Ich weiß es nicht, denn ich habe sie niemals reden hören.

194. *Kapitel* 194
Die Gefühle des Holzes

Kennst du, Eliacim, die Gefühle des Holzes. Die Liebe, das Verantwortungsgefühl, die Furcht, den Haß, die Treue, die Lauterkeit des Holzes? [Erinnerst du dich unseres Gesprächs über dieses interessante Thema, Eliacim? Wir mußten es unterbrechen, weil einige Freunde kamen, die dich zum Pferderennen abholen wollten. Wir können das Gespräch nun fortführen, wenn es dir recht ist, irgendwann an irgendeinem Tag, wenn du ein paar Stunden frei hast.]
Ich glaube, daß noch nie sich jemand damit beschäftigt hat, daß noch nie jemand mit einem gegen alle Überraschungen gefeiten Mut sich Gedanken machte über die Gefühle des Holzes. Unbestimmte, verschwommene Gefühle, ähnlich denen der Menschen. Jedenfalls sicher noch konfuser und verschwommener als die Gefühle der Menschen.
Es ist ein Jammer, daß ich das sagen muß, Eliacim. Denn

der Schlüssel zu den Gefühlen des Holzes zu kennen, könnte sich sehr segensreich für uns alle auswirken, mein Sohn. Es ist nicht dasselbe, merke dir das, Eliacim, ob man an einem Tisch aus treuem Holz sitzt oder an einem Tisch aus feigem Holz. Es ist nicht das gleiche, ob man in einem Bett aus keuschem Holze schläft oder in einem Bett aus verantwortungslosem Holz, ob man begraben wird in einem Sarg aus liebevollem Holz oder in einem Sarg aus rachsüchtigem Holze. Wie schade, Eliacim, daß man keine Privatstunden nehmen kann, um die Gefühle des Holzes zu erlernen!

195. *Kapitel* 195
Der Astronomie-Student

Blaß und zitternd, Eliacim, spaziert der Astronomie-Student Hand in Hand mit seiner Braut unter dem Sternenzelt, wie es sich für ihn gehört.
«Wirst du mich immer lieben, Rose?»
«Immer werde ich dich lieben, Patrick!»
«Auch wenn sie mich beim Examen zurückstellen, weil ich die der Bellatrix beigeordneten Azimutalwinkel nicht bestimmen konnte?»
«Auch wenn sie dich zurückstellen, weil du die beigeordneten Azimutalwinkel der Bellatrix nicht bestimmen konntest!»
«Wie gut du bist, Rose!»
Rose seufzte voll Tapferkeit.
(Schrei nicht so laut!)
Rose seufzte zärtlich.
«Nein Patrick, ich bin nicht gut. Aber ich liebe dich!»

Mit verzerrten Gesichtszügen und blaß wie der Tod wanderte der Astronomie-Student unentwegt mit seiner Braut umher, die er um die Hüfte gefaßt hielt unter dem hohen Mond, wie du es dir denken kannst.
«Wirst du mir immer treu sein, Rose?»
«Ich werde dir immer treu bleiben, Patrick.»
«Auch wenn sie mich zurückstellen, weil ich es nicht fertig bringe, die Grade, Minuten und Sekunden des senkrechten Aufstiegs des Algenib zu berechnen?»
«Auch wenn du zurückgestellt wirst, weil du die Grade, Minuten und Sekunden des senkrechten Aufstiegs des Algenib nicht berechnen kannst!»
Der Astronomie-Student küßte seine Braut auf die Augenlider.
«Wie bist du gut, Rose!»
Rosa seufzte heftig.
(Bsst!)
Rose seufzte schüchtern.
«Nein Patrick, ich bin nicht gut. Ich habe dich so lieb!»
Gekrümmt, abgemagert und hustend, Eliacim, geht und geht der Astronomie-Student mit seiner Braut, die ihm auf den Schultern sitzt, auf und ab unter den nah beieinander liegenden Sternbildern. Das wird dir keine Arbeit kosten, mir das zu glauben!

196. *Kapitel* 196
Alles ist sehr einfach

Alles ist ganz einfach, Eliacim, von überraschender Einfachheit. Eine Frau wird geboren, wächst heran, verheiratet sich, geht einkaufen, bekommt einen Sohn, opfert sich auf für ihr Heim. Sie verliert ihren Sohn, betätigt sich karitativ, langweilt sich und stirbt. So geschieht es einmal und noch einmal und immer wieder, mein Sohn. Alles ist so einfach, Eliacim. Alles wird zum Schluß ganz einfach, daß ich manchmal denke, nur die großen Mörder verdienten es, Anwärter des unendlichen Friedens zu sein, der sich einzunisten pflegt im Blick, in diesem glücklichen Blick, der nicht an die Einfachheit der Dinge glaubt, mein Sohn, an die plumpe Einfachheit des Ehebruchs, an die tägliche Einfachheit des Wuchers, an die durchsichtige Einfachheit der Bestialität.

Wenn unsere Urväter, Adam und Eva, nicht aus dem Paradies vertrieben worden wären, Eliacim, vielleicht würden in dieser Stunde wir menschlichen Wesen nicht verpflichtet sein, uns so verdammt, so verflucht einfach zu fühlen.

Ja, Eliacim, ja. Alles ist sehr einfach. Alles ist von einer Einfachheit, die demütigt. Ein Mann wird geboren, wächst heran, erlernt einen Beruf, heiratet, versucht jeden Tag mehr Geld zu verdienen, zeugt einen Sohn, geht abends in den Klub, verliert seinen Sohn, erzählt wunderbare Lügen vom Krieg oder von seinen Jagdausflügen in Tanganyika, er langweilt sich und stirbt. Und so geschieht es einmal und noch einmal, dreimal, viermal. [Es gibt allerdings Männer, die ertrinken, Eliacim, wenn sie gerade ihren Beruf erlernt haben!]

197. *Kapitel* 197
Die Leute, die auf der Straße vorbeigehen

Durch die Scheibengardinen, Eliacim, beobachte ich, wie sich die Menschen, die auf der Straße vorbeigehen, abplagen, wie sie hin und widerlaufen, wie sie umkommen. Die Leute, die auf der Straße vorbeigehen, mein Sohn, sind nicht so verschiedenartig und unterhaltsam, wie man es vermuten könnte. Sie sind langweilig, schicksalsergeben und monoton. Die Leute, die auf der Straße vorbeigehen, Eliacim, die mit ihren Schulden, ihren Magengeschwüren, ihren Familienkrächen, mit ihren törichten und wunderbaren Plänen usw. laufen vorbei mit scheuem Gemüt und wissen nicht wohin mit der geheimen Sehnsucht, der Tod möge sie überraschen wie der Mörder die kleinen Kinder, denen er an den Schultoren auflauert.

Wenn ich so die Leute beobachte, die auf der Straße vorübergehen, Eliacim, mit den Händen in den Taschen oder mit einem verschämten Päckchen unter dem Arm, befällt mich immer ein beklemmendes Gefühl, das mich traurig macht, eine Angst, die mir das Gemüt mit vagen Gewissensbissen füllt und aus meinen Augen die Barmherzigkeit nimmt.

Ich kann es mir nicht erklären, mein Sohn, warum die Leute, die auf der Straße vorbeigehen, einen Vornamen haben und einen Familiennamen, den sie von ihrem Vater erbten. Es wäre viel menschlicher und viel logischer, wenn sie durchs Leben gingen ohne Erinnerung und mit dem Spundloch des Gedächtnisses verstopft durch einen Kristallstöpsel.

Die Leute, die auf der Straße vorübergehen, Eliacim, die

leidenden, die sturen Menschen, die auf der Straße vorbeigehen, mein Sohn, mit ihren Verdauungsstörungen, mit ihren tuberkulösen Wunden, mit ihren Liebschaften ohne Ausgleich, ihren nie gestillten Begierden usw. Sie gehen dahin und säen Dummheit und Resignation über die übelriechenden Kramläden und die stillen Bordelle der Vorstadt. Sie tun es mit der kleinen, ungebeichteten Illusion, der Tod möge sie marschbereit abholen, wie den Vagabunden, der aus seinen Stiefeln zitterndes Fleisch seiner Füße machte.
Hinter den Scheibengardinen meines Fensters, mein Sohn, beobachte ich, wie die Leute, die auf der Straße vorbeigehen, immer etwas schlingernd auf dem Wege zur Richtstatt schreiten.
Von meinem Beobachtungsposten aus gesehen, Eliacim, verlieren sich fast alle Hoffnungen.

198. *Kapitel* 198
Die Kranken im Hospital

Wie still, wie zaghaft fröhlich, Eliacim, sind die Kranken, die Männer und Frauen, die ohne Ausweispapiere glücklich schlafen in dem langen, kalten Saal des Hospitals, in der riesenhaften, weiträumigen Welt des Krankenhauses. Einer bestiehlt den andern. Einer wünscht dem andern von ganzem Herzen den Tod.
Wie schlau, wie ausgeklügelt, giftig, Eliacim, sind die Kranken, die Männer und Frauen, wie eigensinnig sind sie in dem düsteren und feuchten Saal des Hospitals, auf dem ungeheuren, auf dem chaotischen Planeten, der Krankenhaus heißt. Sie verklagen sich gegenseitig und

verfluchen aus voller Seele einer dem andern das Grab. Wie schleicherisch, wie heimlichtuerisch, boshaft, Eliacim, sind die Kranken, die Männer und Frauen, die ohne Tränen mit dem Tode ringen. Wie schwächlich sind sie in dem düsteren und schmutzigen Saale des Hospitals, in dem anonymen, dem niederträchtigen Schlachtfeld des Krankenhauses, einer dem andern ein Bein stellend, mit letzten Kräften einer dem andern den Mund zum Kuß bietend.

O, mein Sohn, wie zaghaft, wie weise, wie heimlichtuend, wie still, wie vorsichtig, wie schleicherisch, wie vergnügt giftig und verrucht, Eliacim, sind die Kranken, die Männer und Frauen, die schlafen und ohne Tränen mit dem Tode ringen, ohne Verantwortungsgefühl, ohne Ausweispapiere. Wie starrköpfig, wie schwächlich, wie glücklich sind sie in dem kalten und feuchten, dem schmutzigen und großen, dem düsteren und finsteren Saale des Hospitals, auf dem anonymen und niederträchtigen Schlachtfeld, auf dem ungeheueren und chaotischen Planeten, in der riesenhaften und weitläufigen Welt des Krankenhauses. Sie zeigen sich gegenseitig an, sie berauben sich, sie stellen einer dem andern das Bein, sie verfluchen aus voller Seele jeder dem andern das Grab, sie wünschen einer dem andern von ganzem Herzen den Tod, sie bieten mit letzten Kräften einer dem andern einen Kuß auf den Mund an.

199. *Kapitel*
Das ideale Ehepaar

199

Das ideale Ehepaar, auf das ich mich hier beziehe, Eliacim, befleißigt sich mit großer Begeisterung der Verleumdung. Wenn der Nachbar etwas undurchsichtige Geschäfte macht oder die Nachbarin nicht ganz klare Liebschaften hat, mein Sohn, so weiß das ideale Ehepaar, das ich meine, vor allen andern Menschen darüber Bescheid. Sie hängen es an die große Glocke und posaunen es in alle Welt hinaus: «Wissen Sie schon, der neue Morris unseres Nachbarn Mr. Raven, so hat man mir versichert, kommt vom schwarzen Markt. Natürlich, das Geld konnte ja nicht ewig versteckt bleiben!»
Oder: «Wissen Sie schon, dieser protzige Luxus ist ganz unangebracht für eine Kleinbürgerstochter wie es unsere Nachbarin Miß Agnes Whistle ist. Besinnen Sie sich auf sie? Ja, natürlich, das unbedeutende, kleine Mädchen, das jeden Nachmittag im Auto abgeholt wird. Nun, erinnern Sie sich, nicht wahr? Nun gut, man hat mir versichert, daß man nichts, aber auch gar nichts mehr auf ihre Tugend gibt. O Gott, o Gott, das kommt von den Kriegen, mein lieber Freund: Sittenlosigkeit und nichts weiter als Verderbtheit!»
Ich bewundere dies einige Ehepaar, an das ich denke, außerordentlich, mein Sohn. Denn es sind Leute, die in der ganzen Gegend einen gediegenen Ruf erreicht haben. «Ach, Mr. und Mrs. Fishy!», hört man ihre Opfer ausrufen, «er ist der Spiegel für einen Ehrenmann. Und sie ein Brunnen aller Tugenden!»

200. *Kapitel* 200
Der Kumpan mit dem ständigen Lächeln

Mit seinem Kaninchengesicht, Eliacim, lebt der Kumpan mit dem ewigen Lächeln seine Tage dahin.
Der Kumpan des ständigen Lächelns, mein Sohn, ist ein freundliches, dienstbeflissenes Männchen, das sich an allen Ecken und Enden nützlich zu machen versteht und überall Hand anlegt.
Der ständig lächelnde Kumpan, mein Sohn, ist eines der wenigen noch vorhandenen Exemplare dieser nützlichen und bequemen Sorte von Menschen, Eliacim, einer Sorte, die am Aussterben ist. [Ich sehe ihn immer mit dem ewigen Lächeln auf dem Gesicht. Er will dies Lächeln nicht aufgeben. Deshalb zeichne ich ihn mit meiner Freundschaft aus und bringe ihn einmal in der Woche zum Essen nach Hause.]
Der ständig lächelnde Geselle, mein Sohn, ist kein Engländer, sondern Südafrikaner. Der Kumpan mit dem ewigen Lächeln, Eliacim, stammt aus Ladybrand im Oranjefreistaat. Er kam durch den Krieg nach England und blieb hier hängen mit seinem Kaninchengesicht, seinem roten Haar, seinen grauen, funkelnden Augen, dem Musketier-Schnurrbart und mit seinem ewigen Lächeln. Im Krieg, mein Sohn, unterschied sich der ewig lächelnde Geselle nicht viel von den andern, das ist wahr. Er wurde sogar einige Male von seinen Vorgesetzten bestraft. Aber, Eliacim, der Krieg berührte ihn nicht, paßte nicht zu seinen Gefühlen. Der Krieg ist etwas, das höchst störend mit seiner Wesensart zusammenprallte.
Ich, mein Sohn, trotzdem ich nun schon seit geraumer Zeit mit ihm verkehrte, weiß nicht, wie er heißt. Einmal

fragte ich ihn danach. Aber er gab mir eine ausweichende Antwort. Er sagte nicht ganz einfach, Eliacim: Rolph, Osmond, John, Eddy. Es scheint so, als ob er durchaus namenlos bleiben möchte. Aber, mein Sohn, ich werde das schon für mich regeln, mich mit ihm darüber verständigen.

Eines Tages sagte ich zu ihm: «Stört es Sie, wenn ich Sie den ständig lächelnden Kumpan nenne?» Er antwortete: «Nein, um Gotteswillen, gnädige Frau. Es gefällt mir sehr!»

Seitdem, mein Sohn, nenne ich ihn immer den ständig lächelnden Kumpan. Es ist ein bißchen lang. Aber, was soll man machen? Er heißt nun einmal jetzt so!

[Nur manchmal, Eliacim, an Abenden, wo wir unser Tischgespräch ausdehnen und Hand in Hand zuhören, wie das Grammophon, das du mir geschenkt hast, «Good night» spielt, dann wage ich es, ihn einfach nur kurz Crony zu nennen. Er küßt mich in solchen Momenten, ohne dabei sein Lächeln zu verlieren. Dann tut er so, als ob er es bereue und sagt: «Würden Sie mir bitte etwas Marmelade reichen?» Und ich, mein Sohn, spiele mit und gebe ihm etwas Marmelade. Welch Gelächter! Zum Schluß, Eliacim, küssen wir uns wieder.]

«Crony, geh jetzt!» Und Crony geht rückwärts, um mir nicht die Kehrseite zu zeigen, auf die Straße hinaus, immer mit dem Lächeln, das wie ein Vogel auf seinem Kaninchengesicht festsitzt.

Ich rufe ihm vom Fenster aus Lebewohl zu: «Adieu, Crony, Adieu Crony, Adieu Crony!»

201. *Kapitel*
Die Gartenskulpturen

201

Noch kälter selbst als die Gärten, Eliacim, sind die Gartenskulpturen: die Venus, die sich die Brust mit einem Finger bedecken möchte, die Kupidos, mit dem Köcher voll Moos, die halbverrückten Apollos, wahre Geheimnisse, die aufzudecken gefährlich sind. Geheimnisse, die uns alle, und sie zuerst, bloßstellen würden, Geheimnisse, die uns erblassen ließen, wüßten wir sie. Drinnen im kalten Herzen der Gartenskulpturen, mein Sohn, schlafen im Winter die bedürftigen Kröten, die heimatlosen Kröten.

Ein tschechischer Röntgenologe hat mir das erzählt. Er ist, Eliacim, eine große Kapazität, hat sich spezialisiert auf Röntgenfotographie von Skulpturen. Er ist der Mann, mein Sohn, der herausbrachte, daß der Denker von Rodin eine Narbe im linken Hilus der Lunge hat.

Die verängstigten Pärchen, die die Liebe in den Gärten ausprobieren, Eliacim, im Schatten der Gartenskulpturen, zittern vor Schrecken, wenn in Augenblicken tiefsten Schweigens sie an die schlafsüchtigen Kröten denken müssen, die in embryonaler Stellung die Gebärmutter der gezierten Mythenfiguren bevölkern.

Es wäre sehr gefährlich, mein Sohn, es könnte sehr unangenehme Folgen nach sich ziehen, wenn die Gartenskulpturen sich ins Gerede brächten, auch wenn ich zugeben muß, daß alles nur eine Theorie von mir ist.

Noch kälter als die Gärten selbst, Eliacim, sind die Gartenskulpturen. Sie wissen mehr von uns, als nötig ist. Schlimm wird es erst an dem Tag, wo sie zu sprechen anfangen, am Tag, wo ihnen die Geduld ausgeht.

Daran denken die unbesonnenen Liebespaare nicht, wenn sie sich im Schatten der Gartenskulpturen die Ehe versprechen. Aber das ist ja ihre Sache!

202. *Kapitel* 202
Deine Pantoffeln

Neulich, Eliacim, stöberte ich auf dem Grunde eines Koffers herum und fand deine Winterpantoffeln, die blauen, fellgefütterten Hausschuhe.
Obgleich mir der Fund gar nicht gefiel, mein Sohn, oder beinah gar nicht, brachte ich es doch nicht fertig, mich darüber hinwegzusetzen, und schenkte die Pantoffeln einem Bettler, der manchmal an unsere Haustür klopft und um Almosen bittet. [Ich fühle mich von einer seltsamen Gemütsruhe durchdrungen, von der ich nicht weiß, was sie ankündigt.]

Was ich dir sagen wollte: es ist mir alles ganz einerlei, Eliacim, alles völlig gleichgültig. Einzig und allein möchte ich die Pantoffeln von Toten möglichst weit entfernt von mir wissen, mein Sohn. Die Toten brauchen ihre Pantoffeln nicht mehr. Ich möchte die Pantoffeln der Toten wegschaffen, Eliacim, auch wenn der Tote du bist, der du tot bist, ja mehr als tot. Ich weiß es genau: du bist tot zusammen mit all deinen Kameraden von der «Furous», tot, tief unten auf dem grünen und toten Grunde des Meeres, mein Sohn. Und du hattest deine Pantoffeln im Hause deiner Mutter vergessen, auf dem Grund eines Koffers. Welch Sarkasmus! Du hattest nicht an das Unglück gedacht, das du damit angerichtet hast,

Eliacim! Du dachtest nur an dich selber, mehr als an deine blauen Hausschuhe.*

203. *Kapitel*
Morgengrauen

203

Gestern fühlte ich mich sehr schlecht, mein Sohn, als ich dir schrieb. Ich hatte nicht mehr die Kraft, ins Schlafzimmer zu gehen und schlief im Lehnstuhl am Feuer ein. Mein Brief von gestern ist, glaube ich, verbrannt. Du hast nichts verpaßt, Eliacim. Ich weiß nicht mehr, wovon er handelte, aber es ist sehr wahrscheinlich, daß es etwas sehr Inhaltsloses war und gar nichts mit dir zu tun hatte. Was soll man machen, mein Sohn? Man muß die Dinge nehmen, wie sie sind!
Nun gut. Als ich heute morgen aufwachte, graute gerade der Morgen. Ein milchiges Licht kroch langsam hinter den Dächern empor, während aus den Fenstern der Nachtschwärmer ein gelblicher, krankhafter Schein floß. Sehr traurig, mein Sohn, sehr traurig ist das Morgengrauen über einer Stadt. Es sind die Augenblicke, wo die alte, magere Stadt ihr Hemd auszieht, um ihren narbigen Körper zu zeigen, ihren Körper, durchgepflügt von den Chirurgen wie die Bäuche der Mütter, die nicht gebären können.
Als du noch jeden Abend nach Hause kamst, Eliacim, und dich in deiner unordentlichen Studentenbude zur Ruhe legtest, zogen wir die Gardinen nicht zu, bis der Morgen graute, bis der Morgen sich gewaschen und ge-

* Anmerkung des Herausgebers: Unvollständige Seite im Original der Mrs. Caldwell, da das Papier etwas angesengt war.

kämmt hatte, sich herausgeputzt wie eine Braut, mein Sohn, die große und herrliche Überraschungen erwartet. Jetzt aber, Eliacim, ist in diesem Hause alles durcheinander geraten. Denn die Ordnung interessiert niemanden mehr. Wir kennen sie nicht mehr, und ich weiß nichts damit anzufangen, mein Sohn. Manche Nacht werden die Gardinen überhaupt nicht vorgezogen.

Durch die Fenster sieht man, mein Sohn, wie der neue Tag geboren wird ohne zu viel Illusion, als ob er mich nicht kränken wolle.

Die ersten Geräusche der Stadt, Eliacim, die ersten Schritte, das erste Beifallsklatschen, die ersten Pfiffe der Stadt, mein Sohn, weinen, singen, rufen noch zaghaft, beinah mit Respekt, während die Büroangestellten, die Arbeiter, die Verkäufer sich wie die Katzen waschen, ihre Mützen aufsetzen, sich den Schal umwickeln und auf die Straße hinaustreten, ganz verängstigt, der Chef könne sie anschnauzen oder der Vorarbeiter oder der Dienstherr. Traurig, sehr traurig, Eliacim, ist das vulgäre Morgengrauen in einer Stadt. Diese unschlüssigen Augenblicke, in denen die Männer noch nicht mit lauter Stimme zu sprechen wagen und die Frauen wie unanständige Bestien urinieren, zerzaust das Haar und noch halb im Schlaf. Ach, mein Sohn, wie traurig ist jetzt ein Morgengrauen für deine Mutter, besonders, wenn sie sich in der Nacht schlecht gefühlt hat und nicht mehr die Kraft fand, bis in ihr Schlafzimmer zu gehen.

[Ich fühle mich etwas besser, Eliacim. Vielen Dank! Ich werde versuchen, mich jetzt hinzulegen.]

204. *Kapitel*

204

Heilsame Reaktionen

Es gab eine Zeit in deinem kurzen Leben, Eliacim, wo du sehr eingenommen warst von den heilsamen Reaktionen. Diese Worte waren deine bevorzugten Erklärungen, beinah deine einzige Erklärung für alles oder beinah alles, was passierte.
Die Katze hatte ein halbes Dutzend klebrige Kätzchen zur Welt gebracht, bedeckt mit grauem Flaum. Heilsame Reaktion! Der Kassierer des Elektrizitätswerkes erzählte uns, wie er im Jahre 1925, als er noch jung war, den Neger aus Jamaika niederboxte, weil der ihm in St. Leonard bei den Westindischen Docks eine Sprengrakete am Hintern angebracht hatte. Der Kassierer versetzte dem Neger einen Faustschlag, der die Zuschauer zu Begeisterungsrufen hinriß. Heilsame Reaktion! Der Mann uns gegenüber kaufte sich auf Abzahlung einen Eisschrank. Heilsame Reaktion!
Es war lustig, dir zuzuhören, Eliacim. Den ganzen Tag lang wiederholtest du heilsame Reaktionen, wirr durcheinander. So wie einer der Millionen heilsame Reaktionen besitzt und sich an Bedürftigen in Freigebigkeit übt. Was waren es für schöne Zeiten, für schöne Zeiten!
Jetzt benötige ich sehr dringend, Eliacim, einer heilsamen Reaktion, einer gewaltsamen und heilsamen Reaktion, die mich aus dem Marasmus herausbrächte, in den ich langsam versinke, mein Sohn. Ich brauche eine Reaktion, die mich schwimmen ließe wie einen Korken auf dem Wasser; die mich schwimmen ließe auf diesem Überdruß, der mich gepackt hält, der mich Stunden um Stunden festnagelt auf dem Sessel. In irgendeinen Win-

kel der Zimmerdecke stiere ich, in eine Ecke, die sich niemals öffnet und sich niemals öffnen wird, um eine heilsame Reaktion durchsickern zu lassen. Aber niemand wiederholt jetzt deine Worte, Eliacim. Niemand interessiert sich mehr für mich, auf daß ich mich an die letzte heilsame Reaktion anklammern kann wie an einen glühenden Nagel. Ich werde immer weniger wichtig!

205. *Kapitel* 205
Die Hand aus Gips

Wenn ich doch wenigstens von dir, Eliacim, eine Hand aus Gips besäße. Wenn ich wenigstens, mein Sohn, eine Hand von dir hätte, in Gips geformt und am Handgelenk abgeschnitten.
Die Gipshände, mein geliebter Sohn, sind noch viel mehr Totenhände, als die Hände wirklich Toter, Eliacim. Und wir Mütter, die wir uns zufrieden geben müssen, die Ohren unserer toten Söhne, eingehüllt in ein leinenes Taschentuch, aufzubewahren, würden wir diese Ohren nicht dem hergeben, der uns darum bäte und sie uns eintauschte für die Hand unseres Sohnes, in Gips gegossen und am Handgelenk abgeschnitten?
Ich weiß noch genau, Eliacim, wenn du dich über irgendwen lustig machen wolltest, wie du dann sagtest mit der unechten Miene, die man aufzusetzen pflegt, wenn man die Wahrheit sagen will: «Der da ist ein so lächerlicher, grotesker Mensch, daß er sicherlich, wenn's möglich wäre, die Hand seines im Kriege gefallenen Sohnes zu Hause in Gips gegossen und am Handgelenk abgeschnitten, aufbewahrte. Wie gräßlich!»

Nun gut, Eliacim. Ich bin jetzt genau in der gleichen Lage! Und du kannst mir glauben, mein Sohn, vom Herzen aus gesehen ist schließlich der Wunsch gar nicht so lächerlich. Dieser Wunsch, die Hand in Gips gegossen und am Handgelenk abgeschnitten zu besitzen von demjenigen, den man sehr liebte und noch liebt und den man für immer verloren hat. Das ist viel weniger grotesk und viel weniger lächerlich, als du es dir so unbesonnen vorgestellt hast.

Wenn ich deine Hand in Gips bei mir hätte, würde ich mir mit ihr die Wangen streicheln. Es ist mir ganz gleich, was du darüber denkst. Aber, da ich auf alles verzichten muß, mein Sohn, auch auf die kälteste und toteste in Gips gegossene Form von dir, muß ich eben entsagen. Obgleich mir alles gleichgültig ist, Eliacim, weiß ich ja doch, daß eines Tages, wahrscheinlich wenn man am wenigsten daran denkt, du nach Hause zurückkehrst, wie ein kleiner Seeigel, reuig nach so viel unnützer Seefahrt.

Und an jenem Tage, Eliacim, läuten wir alle Glocken und die Menschen fragen mit aufgerissenen Augen: «Was ist denn los?»

[Aber das wissen nur du und ich!]

206. *Kapitel* 206
Ein seltsamer Besuch

Heute bekam ich einen höchst sonderbaren Besuch, Eliacim. Ein Arzt mit dem Gesicht eines Verrückten [ich habe keine Ahnung, wer ihn mir geschickt hat!] brachte zwei lange Stunden damit zu, mir freche Fragen

zu stellen, die ich dir nicht einmal wiederholen werde. Welche Unverschämtheit, Eliacim! Aber manchmal mußte ich doch lachen!
Mein Sohn, wenn ich auch nicht weiß, ob es Hirngespinste sind, die mich manchmal verfolgen, so glaube ich doch, sie werden mich noch zum Wahnsinn treiben. Mir scheint jedoch, Eliacim, wie ich dir schon sagte, daß sich die Sitten sehr geändert haben und daß sich die Ärzte eine gewisse Freiheit im Ausdruck erlauben, die sie sich vor dem Kriege nie herausgenommen hätten. Der seltsame Arzt, der mich heute morgen aufsuchte, mein Sohn [ich weiß nicht, wer ihn mir geschickt hat!], sprach mit sehr leiser Stimme, mit einer Stimme, die man kaum verstehen konnte. Und ich, Eliacim, die es nicht fertig brachte, sich für seine schale Konversation zu interessieren, antwortete ihm aufs Geratewohl mit Ja oder Nein, wie es mir gerade einfiel.
Manchmal jedoch schienen ihm meine Antworten nicht zu gefallen. Denn wenn ich Ja sagte, zum Beispiel, fragte er, mich über seine Brillengläser hin musternd: «Ja?» Und ich, wie du verstehen wirst, sagte dann: «Nein, nein, ich habe mich geirrt, verzeihen Sie!» Warum sollte ich ihm widersprechen?
Der seltsame Arzt antwortete, wenn ich mich berichtigte, beinahe zeremoniell: «Es ist Ihnen verziehen, gnädige Frau.» Und er ging auf die nächste Frage über, um auszuprobieren, ob er damit mehr Glück habe.
Mein seltsamer Besucher von heute früh, Eliacim, [ich habe keine Ahnung wer ihn mir zuschickte!] wenngleich er sich in seiner grenzenlosen Neugierde für die intimsten Dinge interessierte, war nicht – wie soll ich sagen? – geradezu ungehörig, auch nicht direkt grob.

Endlich, als er wegging, sagte er, ich sei sehr hübsch. «Hübsch? Nein», entgegnete ich ihm. «Ich bin nicht mehr die, die ich einst war. Wenn Sie mich vor ein paar Jahren gesehen hätten ...»

207. *Kapitel* 207
Inventar

Ich habe dir zwei Tage lang nicht geschrieben, Eliacim. Verzeih mir! Vielleicht sind es auch mehr als zwei Tage gewesen. Verzeihe mir auch dann! Ich kann dir versichern, daß die Schuld nicht an mir lag, mein Sohn.
Ich war sehr beschäftigt, ein genaues Inventar des ganzen Hauses aufzunehmen. Stühle: vierzehn. Sessel: drei. Sofas: zwei, eins mit Leder bezogen, das andere mit granatfarbener Seide von gleicher Farbe wie die Gardinen, die schon ziemlich alt sind. Tische: vier. Vasen: elf, acht wertvolle und drei nichts besonderes usw. Diese Bestandaufnahme, mein Sohn, ist sehr lästig. Immer die gleiche Leier: Teppiche: drei. Bettvorleger: vier. Betten: fünf. Spiegel: fünf, zwei große, einer davon kaputt, und drei kleine, zwei davon kaputt usw.
Meine besten Freundinnen – du, Eliacim, kennst sie nicht, denn sie wurden es erst nach deiner Fahnenflucht – helfen mir bei der Inventaraufnahme. Sie sind sehr hilfsbereit, mein Sohn, und greifen überall mit zu. Ich glaube, daß ich sonst allein und ohne Hilfe schließlich vor Altersschwäche über dem Inventar gestorben wäre, ohne je ein Ende abzusehen. Unser Haus, Eliacim, ist voll von Sachen, vollgestopft mit Sachen, von denen ich nicht mehr weiß, wie sie sich so haben anhäufen können,

voll der seltsamsten Dinge der Welt, Eliacim. Voll von Sachen, die sehr schwer zu bezeichnen sind: Todesanzeigen deines Großvaters: sechsundneunzig. Todesanzeigen deines armen Vaters, der in Frieden ruhen möge: dreihundert [jetzt erst fällt mir ein, daß ich gar keine davon verschickt habe!]. Todesanzeigen deiner Großmutter: elf, usw. Du weißt, Eliacim, daß ich alles immer gern ordentlich haben wollte, jedes Ding an seinem Platz. Ich verlange von dir energisch, daß du mir glaubst! [Küsse mich!]

Ich bereite meine Abwesenheit vor, mein Sohn. Ich muß für eine kleine Weile abwesend sein, um mich zu erholen. Ich muß beruhigt über die gute Ordnung in unserm Hause abreisen können.

Meine besten Freundinnen sagen mir – und ich glaube, daß sie recht haben –, um meine Gesundheit wieder herzustellen, müsse ich mir notwendig eine kleine Erholung gönnen. Ich glaube, ich habe dir das schon mehrmals gesagt?

Schon seit einiger Zeit, Eliacim, fühle ich mich schlecht, fühle ich mich deprimiert [ich habe meine Gründe dafür!], fühle mich launisch [habe genug Gründe dafür!] und bringe keine Energie mehr auf [ich habe meine Gründe dafür!]. Ich interessiere mich für nichts anderes, als für dich. Gott behüte, ich glaube nicht, daß es etwas Ernstes oder Besorgniserregendes ist! [Du weißt ja, mein Sohn, daß ich immer sehr kräftig war.]

Aber meine besten Freundinnen, wie besorgt waren sie um mich! Du kannst dir keinen Begriff davon machen, Eliacim! Sie rieten mir zu einer kleinen Erholungsreise, die mir die verlorene Gesundheit wiedergeben soll und die Lust zum Weiterleben, mein Sohn, damit ich dich

weiter lieben kann und mich an dich erinnern in jedem Augenblick.
Ich habe mich darauf eingelassen, ihnen zu Gefallen zu sein, Eliacim, denn es ist wahnwitzig, sich weiter zwischen diesen vier Wänden einzuschließen. Das wird schon stimmen.
[Heute nacht träumte mir, ich ginge in ein Warenhaus, in ein riesig großes Warenhaus und wollte mir eine Puppe kaufen. Ich brauchte schon lange eine. Aber ich schämte mich zu sehr. Ich schämte mich unverständlicherweise bei dem Gedanken, in ein Spielwarengeschäft zu gehen in die Abteilung für Puppen und zum Verkäufer zu sagen: «Ich möchte eine Puppe, die vollkommenste die Sie haben. Der Preis spielt keine Rolle.»
Ich war schon im Warenhaus und zögerte immer noch, mich zu entscheiden. Denn, wahrhaftig, es gab keine Puppe, die mir gefiel. Nachdem ich den Laden völlig umgekrempelt hatte, Eliacim, wählte ich eine aus, die dem Verkäufer ähnlich sah. «Die dort, geben Sie mir bitte diese da!»
Der Verkäufer blickte mich an, mein Sohn, und stellte sich ins Licht, damit ich ihn wiedererkennen sollte. Ich vermochte einen Schrei nicht zu unterdrücken. Ich stürzte zu Boden. Eine Menschenmenge sammelte sich an. Man brachte mir ein Glas Wasser. «Mein Sohn, mein Sohn! Ich habe gerade meinen Sohn Eliacim gesehen!» – Der Verkäufer drängte sich durch die Menge, floh auf die Straße, versteckte sich in einem Freudenhaus unterm Bett, das mit einer seidenen Steppdecke bedeckt war von der gleichen Granatfarbe wie unsere Gardinen. Ich wurde kleiner und kleiner, mein Sohn und verwandelte mich schließlich in eine Taube ohne Augen. Ich

flog auf ein Dach und dort, neben einem Schornstein, legte ich ein kleines, rundes, rosa Ei.]

208. *Kapitel* 208
Lebewohl, du ungastliches, widerwärtiges, verräterisches Heim!

Lebewohl, du ungastliches, widerwärtiges, verräterisches Heim! Lebt wohl, ihr kalten, unversöhnlichen Wände, Galgenholz, grausamer Herd! Lebewohl, verdorbene Luft, verdorbene Erinnerung, verdorbenes Heim! Lebt wohl, ihr Fensterläden, die ihr wie tote Augenlider seid, Treppen, die zu keinem Glück führen, unbarmherziges Heim!

Ich bin fertig mit meinem Inventar, dank der Hilfe, die mir tatsächlich meine besten Freundinnen leisteten. Ich gehe ohne Trauer, fast mit Freuden. Und, obschon ich es nicht ausspreche, mit der Absicht, nie wiederzukommen, dich nie wiederzusehen!

Ich habe alle Erinnerungen an dich, Eliacim, in unserm Haus ausradiert, und wenn ich Mut gehabt hätte, mein Sohn, so würde unser Haus zu dieser Stunde brennen mit riesigen, zitternden Flammen. Aber ich hatte nicht genügend Zeit, Eliacim und, wie ich dir schon sagte, auch keinen Mut.

209. *Kapitel* 209
Die Luft

Mein Zimmer ist voller Luft, mein Liebster, voll von einer seltsamen, maulbeerfarbenen Luft, die mich dazu ermuntert, nichts zu denken, die mich dazu verleitet, den ganzen Tag auf dem Bett zu liegen und auf dich zu warten.
Heute nacht habe ich, mein Liebster, vom Abend bis zum Morgen kein Auge zugetan. Ich bin hier in einem sehr sauberen, sehr seltsamen und kalten Ort. Er ist nicht an Temperatur kalt, sondern kalt in den Farben. [Meine besten Freundinnen, Liebster, sind trotz ihrer Versprechungen nie mich besuchen gekommen. Vielleicht hatten sie keine Zeit. Vielleicht ist ihnen allen plötzlich der Mann gestorben?]
Mein Zimmer ist voller Luft, Liebling. Mir scheint es, als sei in diesem Zimmer zu viel Luft, mein Liebster, zu viel Luftdruck wie in den Pneus, genügend Luft, um ein ganzes Leben lang davon zu atmen.

210. *Kapitel* 210
Die Erde

In die Erde meines Zimmers habe ich Ruten von Nardenholz gepflanzt, mehr als tausend Nardenstöcke, damit sie die Luft trinken, Liebling, all die überflüssige Luft.
Mein Zimmer ist voller Erde, Liebster. Mein Körper ist

voller Erde, die Augen, der Mund, die Brüste unnötigerweise voll Erde, Lieber, voll von einer klebrigen, weißlichen Erde, die mich langsam begräbt, die mir den Geschmack verdirbt.
Auch diese Nacht habe ich nicht schlafen können, Liebling. Ich sah, wie die Erde mehr wurde. Ich pflanzte Nardenstöcke auf jede neue Handvoll Erde, die erschien, in jede neue Handvoll Erde, die aus dem Spiegel fiel [die ersten Nardenstöcke, die ich pflanzte, mein Liebster, sind schon unter Erde verschwunden, die später hervorquoll. Ich aber gebe mich der Täuschung hin, zu denken, daß diese Erde, die grausam immer mehr und mehr wird, mein Lieber, mit Ballast beschwert wird durch die Nardenstöcke, die wie Kinder starben].
In meinem Zimmer ist zu viel Erde, Liebling. Es würde mir gefallen, dich in meinem Zimmer begraben zu wissen, unter dem Waschtisch, zwischen den Narden. Morgens, wenn niemand mich sieht, würde ich dich vorsichtig ausgraben, mein Liebster, damit du atmen kannst. Und wenn die Erde das ganze Zimmer ausgefüllt hat, werden wir beide sterben, Liebling, und ewig umarmt bleiben.
Das wäre ein reizendes Ende, mein Lieber, ein vorbildliches Ende. Und meine besten Freundinnen [die mich immer noch nicht besuchen kommen!] würden uns beneiden mit dem geheimsten Trieb ihrer Herzen.

211. *Kapitel* **211**
Das Feuer

Ich erschrak gar nicht, Liebling, als ich mein Zimmer voller Feuer sah, als mein Zimmer brannte, als mein Zimmer angefüllt war von den arglistigen Flammen, die mein Fleisch in Brand steckten. Ich empfand, mein Lieber, beinah ein süßes, angenehmes Glücksgefühl und stellte mir vor, ganz genau und mit klarer Deutlichkeit, wie du lachtest mit einem Gewissen, zerbrechlich wie das Glas. Wie du lachtest aus der Ecke heraus, in die du dich hingeduckt hattest mit eingezogenem Schwanz [einem fleischigen Schwanz, der endete in einen Angelhaken von verschwommen hellgrüner Farbe] und du beobachtetest die Szene, glücklich, wieder in meiner Nähe zu sein.

Die gewundenen Hörner, mein Liebling, waren rot, von einem lebhaften Rot, vielleicht von der Hitze oder wer weiß, vielleicht vom schlechten Gewissen. Und du sahst in Verzückung zu, wie ich mich nackt auszog und wieder ankleidete. Du machtest dir in ein kleines Buch Notizen [das war mir einigermaßen unangenehm, denn ich bin nicht mehr die, die ich einmal war!].

Um dir eine Freude zu machen, habe ich mich den ganzen Tag an- und ausgezogen mit schwindelerregender Schnelligkeit und in einem Rhythmus, der mich sehr anstrengte und mich husten machte.

Mein Zimmer ist voll Feuer, Liebster. An meinem Körper zeigen sich Brandwunden, groß wie Hände, die mich liebkosen, ausgedehnt wie unersättliche, weise Hände. Trotzdem ich weiß, daß das Feuer in meinem Zimmer sich ausbreitet und bösartig ist, mein Liebster, und von gleicher Beschaffenheit wie das Höllenfeuer, so fühle ich mich doch sehr glücklich, dich als Zeugen davon hier zu wissen, als außergewöhnlichen und leidenschaftlichen Zeugen. [Meine besten Freundinnen kommen weiterhin nicht, mich zu besuchen, Liebling. Mir macht es den Eindruck, als sei ich hier am Ende der Welt, an einem Ort, zu dem zu gelangen es gefahrvoll ist. Es erstaunt mich nicht, daß sie es nicht gewagt haben, zu kommen, daß sie Angst hatten, zu kommen!]

212. *Kapitel*
Das Wasser 212

Ich kann nicht mehr gegen das Wasser an, das von der Decke herabströmt, Liebling, das aus den Wänden quillt, aus dem Boden sprudelt, das über die Möbel rinnt, aus dem Bettzeug, aus den Dingen, die ich auf meinem Frisiertisch einigermaßen geordnet stehen habe.
Das Wasser treibt mich in die Enge, ertränkt mich. Ich möchte es wegweisen von mir, Liebster, hätte es auch von dir gern ferngehalten, als es noch Zeit dazu war ...*

* Anmerkung des Herausgebers: Im Original der Mrs. Caldwell folgen noch zwei weitere, ganz verwischte Seiten, die unmöglich zu entziffern sind. Sie tragen deutlich Spuren von Feuchtigkeit, untrügbare Zeichen davon, daß sie stundenlang im Wasser gelegen haben wie ertrunkene Seeleute.

Schlußwort

Bis hierhin die Aufzeichnungen, die meine unglückliche Freundin Mrs. Caldwell an ihren geliebten Sohn Eliacim richtete, der so zart wie das Blatt eines Wasserfarns heldenhaft starb in den stürmischen Wassern des Ägäischen Meeres [östliches Mittelmeer], wie vielleicht der Leser schon Gelegenheit gehabt hat, zu erfahren.
Unser edler und gemeinsamer Freund Sir David Laurel Desvergers, der Testamentsvollstrecker der innig geliebten alten Stromerin, die ich kennenlernte in Pastrana, wo sie historische Kacheln stahl, und die ich immer ebenso liebte, wie ich sie respektierte, Sir David also, dem Kastrierer von Wachteln und Ehrenmitglied der Königlichen Geographischen Gesellschaft von Gwynedd, ihm möchte ich hier den innigsten Dank aussprechen für das in mich gesetzte Vertrauen, dem ich nach bestem Willen versuchte zu entsprechen.

Madrid, Frühling 1947 – Los Cerrillos, Sierra del Guadaramo, Herbst 1952
[mit großen Wasserlachen]

Camilo José Cela

Der Bienenkorb

Roman. Aus dem Spanischen von Gerda Theile-Bruhns.
274 Seiten. Serie Piper 782

Der Bienenkorb, das ist das Madrid während des Zweiten Weltkriegs, das ist das Café der Doña Rosa, Spiegel eines durch den Bürgerkrieg entwurzelten Kleinbürgertums und Drehpunkt vieler Lebensgeschichten. Von hier führen die Fäden in die Hinterhöfe, Parkanlagen und Absteigen Madrids, zu den sich ständig wiederholenden Szenen von Liebe, Ehebruch und Eifersucht, der Suche nach dem Glück und der Sinnlosigkeit des Daseins. Momentaufnahmen und Porträtstudien, kurze Einblendungen, skizzenhafte Erzählungen und Impressionen fügen sich zum Kaleidoskop, zum Panoptikum.

»In Celas Roman spricht der Mensch selbst und – nahezu – er allein. Dieser Erzähler ist ein Meister der Tonfälle, er versteht es virtuos, sein dreihundertköpfiges Personal zum Reden zu bringen.« Fankfurter Allgemeine Zeitung

Miguel Delibes

Die heiligen Narren

Roman. Aus dem Spanischen von Curt Meyer-Clason.
173 Seiten. Geb.

»Miguel Delibes bewegt mit seinem Buch in einem seltsamen Kontinuum dichterischer Tradition, was um so verblüffender wirkt, als das künstlerische Ergebnis gleichzeitig vollendet klassisch und provozierend modern erscheint.
Es muß nicht unsere Wahrheit sein, die im Innern Spaniens wohnt, doch hat Miguel Delibes eine Parabel von dunkler Schönheit und mythischer Suggestivität gefunden, die uns zwingt, noch einmal nachzudenken über die Möglichkeit einer Welt, die ohne die Idee eines Fortschritts auskommen kann.« Frankfurter Allgemeine Zeitung

»Dieser kurze ›Roman‹, wie Autor und Verleger ihn nennen, ist schon allein wegen seiner Knappheit, wegen seiner kunstvollen Beschränkung bei der Charakterisierung der Figuren, wegen der Fähigkeit des Autors, den Stil zum Darstellungsmittel zu machen, die Lektüre wert.« Süddeutsche Zeitung

»Sechs Sätze, jeder ein Kapitel lang, braucht Miguel Delibes für einen der fesselndsten, der gelungensten spanischen Romane der vergangenen zehn Jahre.« Die Zeit

Vom selben Autor ist lieferbar:

Das rote Blatt

Roman. Aus dem Spanischen von Annelies Benda.
236 Seiten. Serie Piper 793

Fünf Stunden mit Mario

Roman. Aus dem Spanischen von Fritz Rudolf Fries.
288 Seiten. Geb.

Piper 28/3d

PIPER

Alvaro Pombo

Der Held der Mansarden von Mansard

Roman. Aus dem Spanischen von Elke Wehr.
240 Seiten. Leinen.

Alvaro Pombo erzählt von den Abenteuern, die jeder Mensch am Ende seiner Kindheit bestehen muß, ohne die er nicht erwachsen werden kann. Doppelbödig und scharfsinnig beschreibt der Autor das Reifen des »reinen« Toren Kus-Kús zum Helden und schafft zugleich ein subtiles Bild Spaniens zur Zeit Francos.

»Einer der inzwischen bekanntesten und erfolgreichsten Autoren unter den heute Fünfzigjährigen, die nicht mehr in der Aufarbeitung des traumatischen Bürgerkriegs und einer gespenstisch anachronistischen Diktatur verfangen sind, ist der 1939 in Santander geborene Alvaro Pombo. Mit ironischer Distanz dekouvriert er die hinterbliebene Großbougeoisie als teilweise faszinierend exzentrischer Erzähler, dem es gelingt, Poesie und Reflexion auf ganz eigene Weise zu verbinden.«
Frankfurter Rundschau

»Pombo erhöht die Dinge ins Irreale, in einen poetischen Realismus, der im Leser selbst steckt. Nach der Lektüre braucht es einige Zeit, bis man wieder festen Boden unter sich fühlt.« ORF

Mario Benedetti

Die Gnadenfrist

Roman. Aus dem uruguayischen Spanisch von Willi Zurbrüggen.
223 Seiten. Serie Piper 882

Wenig Erfreuliches gibt es im Leben des bald fünfzigjährigen Büroangestellten Martin Santomé. Seinen täglichen Kampf gegen einen sinnentleerten und ereignislosen Alltag hält er in Tagebuchnotizen fest. Doch kurz vor seinem Geburtstag und der Pensionierung darf er mit der jungen Laura Avellaneda noch einmal die Glückseligkeit der Liebe erleben. Wie die Verbitterung weicht, beschreibt Mario Benedetti unvergleichlich treffend und klarsichtig und in einer Sprache, die auf tiefer Menschenkenntnis beruht. Selten wurde der Ausschnitt eines Lebens und das Wesen der Liebe eindringlicher dargestellt als in diesem Großstadtroman aus Uruguay.

»Es ist Benedettis pessimistischster Befund vom Krisenzustand der Montevideaner, der Kleinbürger, die von den täglichen Niederlagen zermürbt werden und die fortgesetzten Erniedrigungen willenlos ertragen, die zu keiner Geste des Aufbegehrens oder gar des Widerstands fähig sind und den aufgestauten Haß allenfalls gegen ihresgleichen wenden. Die Montevideaner als Beispiel für die Krise der Gesellschaft ... Merkwürdigerweise haben die Montevideaner in diesen Spiegel geblickt, Benedettis literarische Arbeiten massenhaft gelesen und ihn bereits Ende der fünfziger Jahre zum Bestseller-Autor gemacht.«
Frankfurter Rundschau

José Maria Eça de Queiroz

Die Maias

Episoden aus dem romantischen Leben
Roman. Aus dem Portugiesischen von Rudolf Krügel.
837 Seiten. Serie Piper 587

Queiroz, der große Realist, hat mit diesem Gesellschaftsroman den melancholischen Abgesang auf eine ganze Kultur geschrieben, die am schönsten in der Figur des alten Afonso da Maia verkörpert ist.

Vom selben Autor ist lieferbar:

Alves & Co.

Roman. Aus dem Portugiesischen von Rudolf Krügel.
104 Seiten. Serie Piper 961

Die Reliquie

Roman. Aus dem Portugiesischen von Andreas Klotsch.
312 Seiten. Serie Piper 787

»All seine europäische Kunst (...)«, so Miguel de Unamuno über Eça de Queiroz, »kann sein iberisches Unsgestüm nicht verdecken. Durch das Gelächter hindurch spürt man das Schluchzen.«

Vetter Basilio

Roman. Aus dem Portugiesischen von Rudolf Krügel.
493 Seiten. Serie Piper 1079

Pipers Italienische Bibliothek

Giorgio Bassani
Die Gärten der Finzi-Contini
Roman. Aus dem Italienischen von Herbert Schlüter. 358 Seiten. Leinen

Giacomo Casanova
Das Duell
Novelle. Deutsche Erstausgabe. Aus dem Italienischen von Hartmut Scheible. 144 Seiten. Leinen

Carlo Fruttero & Franco Lucentini
Die Sonntagsfrau
Roman. Aus dem Italienischen von Herbert Schlüter. 527 Seiten. Leinen

Carlo Emilio Gadda
Die gräßliche Bescherung in der Via Merulana
Roman. Aus dem Italienischen von Toni Kienlechner. 410 Seiten. Leinen

Eugenio Montale
Die Straußenfeder
Ausgewählte Prosa. Auswahl, Übersetzung und Nachwort von Alice Vollenweider. 146 Seiten. Leinen

Elsa Morante
La Storia
Roman. Aus dem Italienischen von Hannelise Hinderberger. 631 Seiten. Leinen

Pier Paolo Pasolini
Vita Violenta
Roman. Aus dem Italienischen von Gur Bland. 444 Seiten. Leinen

Giuseppe Tomasi di Lampedusa
Der Leopard
Roman. Aus dem Italienischen von Charlotte Birnbaum. 338 Seiten. Leinen

Federigo Tozzi
Erinnerungen eines Angestellten
Roman. Deutsche Erstausgabe. Aus dem Italienischen von Klaus Bochmann. 86 Seiten. Leinen

Giovanni Verga
Mastro-Don Gesualdo
Roman. Mit einem Nachwort von Marianello Marianelli.
Aus dem Italienischen von Marlis Ingenmey. 414 Seiten. Leinen

Piper 76/2a

PIPER

Antonio Skármeta

Der Aufstand

Roman. Aus dem Spanischen von Joco Dehmann.
218 Seiten. Serie Piper 555

Der Roman handelt vom Leben in der nicaraguanischen Stadt Léon wenige Wochen vor dem Sieg der Sandinistischen Befreiungsfront, von den Ängsten, Träumen und Heldentaten der Bevölkerung.

»Ein Buch ... über die kleinen Leute in Nicaragua für die kleinen Leute in Europa.«
Rias Berlin

Mit brennender Geduld

Roman. Aus dem Spanischen von Willi Zurbrüggen.
150 Seiten. Geb.
(Auch in der Serie Piper 768 lieferbar)

Antonio Skármetas Roman lebt von der Liebe des Autors zu seinen Figuren, von der Verbundenheit eines Schriftstellers mit den Menschen seines Volkes, einer Gemeinschaft vitaler, skurriler und eigenwilliger Personen. »Mit brennender Geduld« ist ein blendend erzählter, unangestrengter, humorvoller Roman, ein Kleinod in unserer literarischen Landschaft.

»Skármetas Werk ist ein begeisternder Roman über Poesie, Politik und Leidenschaft. Gewisse Dialoge lesen sich wie ein glänzend geschriebener Lehrgang in Ästhetik. Diese Gespräche kreisen um Metaphern – Skármetas Werk ist voller Bilder, der ganze Roman ist metaphorisch zu lesen.«
Neue Zürcher Zeitung